冗談じゃねえ

浮世絵宗次日月抄

上

新刻改訂版

おい其処《そこ》の扇子《せんす》侍《ざむれえ》
のいてくんねえ。
冗談じゃねえや
俺は船宿橋の姐《ねえ》さんを見てんでい。
お、この俺に刃《やいば》を抜かせる気けえ。
冗談言うねえ糞野郎《くそやろう》
とっと消えやがれ。

口絵／アフロ

あら猫橋の扇子侍
こちらを見てるわよ。
姐さんに御執心なのよ
手を振ってあげたら。
嫌だあ不良侍みたいでさあ。
人間なんて
ほんの少し不良がいいのよ。
ほんの少し不良が。

一人しか渡ってはいけない狭く小さな朱塗りの**『一人橋』**。今宵《こよい》も心身深く傷ついた女が救いを求めて渡ってゆく。すると夢幻《ゆめまぼろし》の如《ごと》く地中より不思議《ふしぎ》扇子《せんす》侍《ざむらい》が現われて……。

写真・文／編集部

新刻改訂版

冗談じゃねえや(上)

浮世絵宗次日月抄

門田泰明

祥伝社文庫

目次

お待ちなせえ

開幕

「もし……」
　声を掛けられて高枝四郎信綱《たかえだしろうのぶつな》は歩みを止め、ゆっくりと振り向いた。
　ほとんど無意識のうちに、しかも然《さ》り気《げ》なく右手が刀の柄《つか》に伸びていること
に、信綱は満足した。私は無形神刀流《むぎょうしんとうりゅう》皆伝者、という意識を片時も忘れない
ことが、その満足を強く推《お》し上げていた。
　しかも、振り向き様《よう》にも信綱は、皆伝者らしさを怠《おこた》らなかった。真《ま》っ直《す》ぐ
な姿勢を崩すことなく、左足を弧《こ》を描くかたちで引き、くるりと、だが静かに
美しく体の向きを変える、そう心がけてきた。
　今宵《こよい》は月夜。
　皓皓《こうこう》たる月明りの下《もと》、十二、三間《げん》はなれた柳の大樹と並び立つようにして声
の主《ぬし》は佇《たたず》んでいた。夜だというのに、深編笠《ふかあみがさ》をかぶった着流しの二本差し。
（はて……面妖《めんよう》な）

と思った信綱であったが、「私は皆伝者」という気持の余裕と、相手が双手《もろて》とも懐《ふところ》と判《わか》って、刀の柄から手を放した。相手との十二、三間という距離も信綱の警戒心を緩《ゆる》めるには充分であった。

「私を呼び止めしは、そなたか」

「いかにも左様」

信綱の問いかけに応じてから、相手は「ほほほほっ」と甲高《かんだか》く笑った。

思わず信綱は、背すじに寒いものを覚え次の言葉を失った。若い女人《おなご》のような澄《す》んで、ひきつれた黄色い笑い声だった。

この時になって信綱は、いま自分が置かれている場所を薄気味悪いと気付いた。行きつけの料理茶屋で酒と女との逢瀬《おうせ》を楽しんだあと、屋敷へ戻るための決まって歩き馴《な》れた近道ではあった。

けれども通りの右手は大寺院無量観音寺《むりようかんのんじ》の白い土塀に囲まれた境内《けいだい》と、その境内に続く広大な墓地。

墓地の部分は土塀で囲まれておらず、真昼の如《ごと》く燦燦《さんさん》とそれこそ燦燦と降り注ぐ満月の明りを浴びて、数え切れぬ程《ほど》の大小墓石が青白く染まって見えている。通りの左手には、何処《どこ》その藩邸の土塀が、二邸、三邸と長長と続いていた。

人の往《ゆ》き来《き》など有り様もない、夜中のひっそりと静まり返った武家屋敷通り。

「もし……」と声を掛けてきた主、深編笠で着流しの二本差しは、寺院墓地を背にして枝を張り垂らしている古柳《ふるやなぎ》の下にユラリといた。

月の〝木洩《こも》れ日〟が深編笠に、点点と模様をつくっている。

信綱は小息を吸って、ようやくのこと次の言葉を出した。

「して、私に何用じゃ」

「何用もなにも。ただ肝《きも》が欲しいだけじゃ」

「肝?」

「左様。そなたの腹肝《はらぎも》が欲しいのじゃ」

「な、なにっ」

無形神刀流皆伝者、高枝四郎信綱は素早く一歩退《さ》がって刀の柄に手を掛けた。

「これこれ何をそのように驚いておる。余《よ》は肝が欲しいだけじゃぞ肝が」

「う、うぬ。その不埒《ふらち》な喋《しゃべ》り様《よう》。編笠を取って面体《めんてい》を見せい」

「ほほほっ、余《よ》の顔を見たいとな」

着流しの二本差しは、ようやく懐から双手《もろて》を出し、一歩前に出て左手を編笠にやった。

信綱も相手との間合《まあい》を詰めた。さすが滑《すべ》るような足運び。油断《ゆだん》なく二間半ほどの間合を取って信綱が動きを止めるのを待っていたかの如く、着流しの二本差しは、ゆるりとした動作で編笠を取り、足元に落とした。まるで病み上がりのように、力なくぽとり、と。

「ううっ……」

青白い月明りの中、相手の面体を見て、無形神刀流皆伝者であることを忘れたことのない信綱が、くわっと目を大きく見開いた。

たちまち上下の唇が、わなわなと震え出し、見開いたその目には怯《おび》えがあるかのようだった。それでも腰を落として、抜刀《ばっとう》の身構え。

「余の面体を、よう見たかえ。見たなら腹肝をおくれ」

「き、貴様……」

「ん？　何を言いたいのじゃ。早く腹肝をくれぬか」

「名を……名を名乗れい」

「ほほほほっ、名など聞いて何とする。そなたは腹を割《さ》いて余に、肝さえくれればよいのじゃ。ほれ、早くせぬか」

「おのれっ、許さぬ」

言いざま信綱は、抜刀し地を蹴《け》った。鞘《さや》から閃光《せんこう》の如く抜き放ったのは、和泉守藤原兼定《いずみのかみふじわらかねさだ》二尺四寸一分。直参《じきさん》旗本五百石高枝家に伝わる銘刀であった。

その銘刀の切っ先が相手の面前で空《くう》を切った時、信綱は一条の光が己《おの》れの首に伸び迫ってくるのを感じた。凄《すさ》まじいばかりの速さ。

信綱は、（わっ）と胸の中で叫んだ。声に出して叫ぶ時間など無かった。目をつむり夢中で首横に立てた和泉守藤原兼定に、相手の刀が激突。ガチンッと打ち鳴る鋼《はがね》の音よりも、月夜に火花の散る方が先だった。

余りの衝撃で、信綱の上体が横へぐらりと崩れる。体重が一気に右膝《ひざ》へかかり、さらに傾く信綱の首筋へ、二撃、三撃、四撃と目にもとまらぬ速さの連続打ちが集中した。チンッ、ガチンッと鋼が打ち鳴る、また鳴る。

信綱は傾いた上体を立て直せなかった。それどころか、さらに上体が横向きに沈み、相手の剣を鍔元《つばもと》で防禦《ぼうぎょ》するので精一杯だった。

（だ、誰かぁ……）

信綱は思わず、胸の中で声にならぬ叫びを発した。

とたん、鈍い音がして銘刀和泉守藤原兼定が、鍔元から折れた。

「ほほほほっ」

ひきつれた黄色い笑い声が、信綱の耳元に食い付いて、彼の意識が真っ暗となる一瞬を迎えた……。

一

「こいつあ、ひでえ」

北町奉行所の市中取締方筆頭同心《ひっとうどうしん》飯田次五郎《いいだじごろう》は、思わず顔をしかめて目の前の骸《むくろ》から顔を背《そむ》けた。

この界隈《かいわい》では顔役的存在の十手《じって》持ち、春日町《かすがちょう》の平造《へいぞう》親分も、飯田次五郎と並ぶようにしてしゃがむなり、「うえっ」と立ち上がってしまった。

二人とも、無残な死体を目の前にするのは、初めてではない。共にこの大江戸ではかなり名を知られた同心であり、目明しだった。

その二人が、たじろいだ。平造の子分の下っ引き五平《ごへい》などは、顔から血の気を無くして立ったまま骸に背を向け肩を窄《すぼ》めてしまった。

現場は僅《わず》かに下り坂。したがって血の海は朝陽《あさひ》の中、骸から幾らか下がるかたちで広がっている。

その血の海と向き合う位置にいる飯田次五郎が深く息を吸い込み朱房《しゅぶさ》の十手の先で「おい」と、声低く自分の隣を軽く突《つつ》く素振りを見せた。

「へい、すみやせん」と獅子瓦《ししがわら》の異名さえ持つ春日町の平造親分が、顔をしかめて腰を下げた。

「惨《むご》い事をしゃあがる。まるで腹ん中が空洞じゃねえかよ平造」

「胃《い》の腑《ふ》も何もかも、抉《えぐ》り取られたように綺麗《きれい》に消えてますねい」

「何を意味してやがるんだ、この殺しはよ」

「見て下せえ刀を。かなり刃毀《はこぼ》れがひどうござんす」

「うむ、相当に激しくやり合ったな」

「何処《どこ》かの藩士か御旗本ですかね。右の掌《てのひら》が上に向いてんで、竹刀胝《しないだこ》がはっきり認められます。かなり剣術の修練を積んでいるようにも見えやすが」

「こざっぱりとした身なりからして、浪人でない事は確かなようだな」

骸は着ていたものを腰のあたりまで下げられ上半身裸だった。右脇腹から臍《へそ》の直下にかけてと、更にもうひと筋《すじ》やはり右脇腹から鳩尾《みぞおち》にかけてが切り裂かれて、皮膚はめくり上げられている。

これ見よがしによく見える腹腔内《ふくこうない》には、内臓は一片たりとも無かった。消えていた。血はほとんど体の外へ流れ出したのであろう、腹腔内には血溜《ちだま》りさえもない。

「骸のひきつった顔をご覧なせえ。余程《よほど》に恐ろしい相手だったんでしょうかねえ」

「そのようだな、尋常《じんじょう》の相手ではなかったのかも知れねえ」

「この御侍の顔や、切り裂かれて空《から》になった腹の状態など、浮世絵の宗次《そうじ》先生描《か》いてくれやせんかねえ。これからの調べの役に立つような気が致すんでござんすが」

「馬鹿言うねい。何処の御侍かも判《わか》らねえのに、町方同心風情《ふぜい》の勝手な判断で浮世絵師が描き残すなんぞしてみろ、あとで御三家すじの御侍だった、なんてことになると、儂《わし》らの首と胴は離れるぞ」

「じゃあ、このままにしときますんで？」

「そういう訳《わけ》にもいかねえやな。お奉行にお頼みして目付すじに接触して貰《もら》い、〝旗本騒動《そうどう》〟に当たるかどうか判断して戴《いただ》くことを、ともかく急がにゃあなるめえよ。儂らがどう動けばよいかを考えるのは、それからのこった」

「俺たち目明しにとっちゃあ、お目付っていうのは怖《こわ》くてなりませんやね。なにしろ旗本を監察し、その支配下に徒《かち》目付、小人《こびと》目付、徒押《かちおさえ》、黒鍬者《くろくわもの》なんぞを置いて凄《すご》い権力だって言うじゃござんせんか。いやだねえ」

「おい、儂らは野次馬に遠巻きにされとるんだ。もっと小声にしねえかい」

「すいやせん。ともかく飯田様はお奉行所へ報告に走り帰って下せえやし。俺と五平で、旦那《だんな》がお戻りになるまで遺骸を見守っておりますんで」

「そうかえ。それじゃあ、ひとっ走り奉行所へ報告にな」

「お戻りになるとき、出来れば与力頭《がしら》の大崎兵衛《おおさきひょうえ》様もお連れした方が宜《よろ》しいと思いますがね。この惨状を見ておいて戴いた方が……」

「その積もりだ。浮世絵師の宗次先生へは、儂を飛ばして頭越しに伝えるんじゃねえぞ。先生へは儂から話すからよ」

「承《うけたまわ》りやした」

「行ってくらあ」と、飯田次五郎は駆け出した。「どいてくんな、どいてくんな」と野次馬の輪へ頭から突っ込んで行く勢いだった。

「こら五平、こっちへ来《き》ねえ」

獅子瓦の平造親分が、荒らげた小声を発し自分の膝頭《ひざがしら》をパシンと平手で叩《たた》いた。

青ざめた顔の五平が、ようやく平造親分と並んで腰を下ろした。この五平とて日頃は、決して弱気な下っ引きではない。

「てめえ、いつ迄《まで》も俺任《おれまか》せを決め込むんじゃねえやな。この大江戸八百八町にゃあ親分と呼ばれて与力同心の旦那方を支える十手持ちが、まだまだ不足しているんでい。俺《おりや》ぁ早くお前《めえ》を一人前《めえ》の親分ってえのにしてえんだ。カッと目をむいて、この惨《むご》い死体をよっく見ておきねえ。これくらいでゲロゲロやってちゃあ、十手だけでとても飯《めし》なんぞは食えねえぞ」

「へ、へい……」

頷《うなず》いて五平は、唇を小さく震わせながらも、空《から》になっている骸の腹を見つめた。

「目をそらすんじゃねえ。食い入るようにして見るんだ」

「み、見ていやす」

「もっと顔を近付けろい、もっとだ」

「こ、こうですかい」

「そうよ、やれば出来るじゃねえか」

五平は下唇を噛《か》んで恐ろしさに耐えた。

そうしてほんの暫《しばら》く耐え切った五平の耳元へ、平造親分は意味あり気に顔を近付けた。

「おい五平、ちょいと宗次先生の所へ走って、この惨状を知らせてくんねえ」

「え？」と、五平は視線を骸から平造へ移した。

「お前《めえ》は足が速《はえ》え。宗次先生の八軒長屋までは然程《さほど》遠くはねえから、飯田次五郎旦那がお戻りになる迄には、ここへ引き返してこれるだろ」

「いいんですかい。飯田様は宗次先生には自分の口からと……」

「いいから行きねえ。そしてな、宗次先生には散歩の途中に偶然この場に出くわしたような振りをして貰うんだ。だからよ、お前《めえ》は先生より必ず一足先に戻ってきな」

「宗次先生は江戸では人気の浮世絵師なんで、この日中、ぼろ長屋にいるかどうか判りやせんが」

「その時は仕様《しよう》がねえやな。兎《と》に角《かく》ぐだぐだ言わずに行きねえ。北町奉行所も遠くはねえんだ。そうこうするうち飯田の旦那が戻ってくるぜ」

「判りやした」

下っ引きの五平は駆け出した。まだ鋼《はがね》の十手は支給されていない半人前だから、やや後ろ腰に一尺半ばかりの木刀をねじ込んでいる。これでも江戸市中では充分に、御用の筋であることの証《あかし》になっていた。

二

その頃――。

「御内儀《おかみ》さん、右の乳房《むね》に当てた左手を、もう少し軽く上げて下せえ……そうそう、それで良《よ》ござんす。あ、視線は、こちらへ向けちゃあ駄目でござんすよ。自然の表情が崩れちまいやす……うん、そう、そのやわらかな流し目で」

脚《あし》から腰、腰から上体《うえ》へと描き進めてきた浮世絵師宗次の妖《あや》し絵《え》（婦人裸体画）は、下から上へと描き上げていく特有の筆運《ふではこ》びで、燦然《さんぜん》たる美しさを放ち出しつつあった。

すでに最終の段階に入っている。

「あたし、綺麗《きれい》ですかねえ宗次先生」

「喋らないでくだせえましな」

「綺麗か綺麗でないかだけでも、ひと言……」

「綺麗で妖艶《ようえん》でございますとも。まるで十八、九の娘のお躰《からだ》でござんす」

「本当？」

「はい。本当……」

「ねえ先生、描き終わったら二人で熱海《あたみ》の湯へでも……」

「ああ、もう、絵筆に集中できませんや。あとは明後日《あさって》に致しましょうか」

「ご免なさい。だって憧《あこが》れていた宗次先生が、目の前にいらっしゃるのですもの。肉体《からだ》のあちらこちらが熱《あつ》くなって、話しかけずにはおれ……」

「はじめの終始沈黙という約束事を守って下さらねえと、絵の出来上がりが遅くなるばかりでございますよ。余り我《わ》が儘《まま》だと、途中で打ち切りということも」

「いやですよう、いやですよう。私が悪いんじゃありません。宗次先生が私の肉体《からだ》に火をつけるからじゃありませんか」

「冗談は言いっこなしだ。私は絵筆を手に、真剣勝負をしていますのさ。指一本、御内儀《おかみ》さんの肌に触れたことはございませんぜ」

「それ、その真剣勝負ですよう」

「え？」

「凄いのですよ、たまらないのですよ。先生が絵筆を持った時の厳しくて険しい表情。射るような目つきとか、ぐいと引き締めた時の唇なんぞが」

「いい年をした御内儀《おかみ》さんが、乳飲《ちの》み児《ご》みたいな甘ったるい事を言うのは、およしなせえ」

「ま、ひどい……」

「ま、ひどい、なもんですかい。日本橋《にほんばし》の呉服商『加賀屋《かがや》』と言やあ、数十人の働き手を抱えた大店《おおだな》じゃあありませんか。しかも一昨年《おととし》、心の臓の病《やまい》で急死なさった御内儀《おかみ》さんの旦那、加賀屋富太郎《とみたろう》さんは商才、人柄、気風《きっぷ》ともに……」

「お願い先生。亡くなった主人のことはどうか……」

「それ御覧ねえ。だから絵が仕上がる迄《まで》は、無駄口は止《よ》して下さらねえと」

「すみません」

「今日はここ迄にしときましょう。明後日《あさって》の巳《み》の刻（午前十時頃）にでもまた寄せて戴きやすよ」

宗次の元へは相変わらず「私の妖《あや》し絵《え》を……」という依頼が、引きも切らない。

断わっても断わっても「後生一生の御願い……」と両手を合わせて退《さ》がらないのは、たいてい旗本や大店の、連れ合いを亡くした眉目《みめ》うるわしい後家たち。

連れ合いに大事にされてきた肉体《からだ》を老いが訪れる前に美しく描き残しておきたい、という切ない願いを持ち込んでくる。

それも縁故《コネ》を頼って密《ひそ》かに訪れるから、宗次も冷淡には追い払い難《にく》い。だから余計に日の当たらぬ〝裏道評判〟を呼びに呼んで、二進《にっち》も三進《さっち》も行かなくなっている近頃の宗次だった。

「さ、お着物を着なせえましな」

絵道具を片付け始めた宗次に促《うなが》されて、大店加賀屋の後家エンは弱弱しく頷《うなず》いて、背後の屛風《びょうぶ》に掛かった着物に上体をねじって手を伸ばした。

その拍子《ひょうし》に、まだ充分な張りを残している乳房が、優しい妖しさを見せて香り立つように揺れた。

「御内儀《おかみ》さんは今年で確か……」

「三十九……もう女の終わり」

と、すっかり元気がない。宗次がいつもより早くに絵筆を収めたのが、いささか応《こた》えているのであろうか。

「何が女の終わりですかい。浮世絵師から見りゃあ三十九なんぞ、まだまだ小娘でございますよ」

と、苦笑して見せた宗次は、そのあと真顔《まがお》になって、ちょっと考え込むように小首を傾《かし》げた。

「仕方がねえか。出来上がる迄は決して真面《まとも》には見せねえのが、この宗次の描き進め方でござんすが……」

そこで言葉を切った宗次は、片付けるために未完成の絵の上にかぶせた紙を、そっと取り除いた。このかぶせ紙は、宗次が上質の美濃紙《みのがみ》を手指の先で丹念に慎重に揉《も》んでふんわりと柔らかくしたものだった。

これをかぶせてから、手作りの巻棒にそっと巻きつけてゆく。

美濃紙は、天暦《てんりやく》五年（九五一年）九月十日の、式部省に宛《あて》た太政官符《だじようかんぷ》にすでにその名が出ている伝統ある手漉《てす》き紙である。

「さ、こちらへ……私の横に来なせえ御内儀《おかみ》さん」

「え？」

「これが女の終わりを描いた絵かどうか、自分の目で見てみなせえまし」

「まあ、見せて下さるのですか」

「ほれほれ、きちんと着物を着て、胸元を合わせて」

「は、はい」

　エンはいそいそと身支度《みじたく》を整えると、宗次に寄り添うようにして座った。

「こ、これ……私ですか先生」

と、エンは目を見張り息を飲んだ。

　宗次は黙って頷いた。

「なんと綺麗な……なんと妖しい」

「まぎれもなく御内儀《おかみ》さんですよ。他《ほか》の誰でもござんせん」

「うれしい……これが私」

「御内儀《おかみ》さんの命を、真剣勝負で吹き込もうとして来たんでござんす。表情の持つ命、乳房の命、手足の命、指先の命……一つも漏《も》らさずにね」

「宗次先生」

エンは座っていた位置から体をずらすと、畳に両手をついて頭を下げた。

両手の甲の上に、涙の粒が落ちていた。

「描かれる側としての真剣勝負の心構えが、このエンには足りませんでした。どうか御許し下さい先生」

「判って下さりゃあ、いいのです。私が戯《たわむ》れや興味半分で絵筆を手にしているのではない、という事をね」

「は、はい」

このとき廊下を踏み軋《きし》ませる音が伝わってきた。誰かが店の方から、この奥座敷に向かって長い廊下を小駈《こが》けにやって来るようだった。

エンは宗次との間を開けて指先で涙を拭《ぬぐ》うと、加賀屋の女主人《おんなあるじ》の顔をつくった。

宗次が妖し絵の上に、柔らかくした美濃紙をふわりとのせる。

「御内儀《おかみ》さん、与平《よへい》です。大変な事が」

障子の外で足音が止まり、うろたえ声が座敷の中へ入ってきた。

「どうしました与平。一体何事です」

エンは立ち上がって四、五歩進み、背すじを真っ直ぐにして障子に手をかけた。

加賀屋の大番頭が与平という名であることは、宗次もここへ通い始めた日から承知している。

「高枝様が……御旗本高枝四郎信綱様がお亡くなりになりました」

「なんですって」

と、エンは障子を勢いよく開けた。

「どういう事です。病気がちの奥方様にと一昨日《おととい》、着物地を買って帰られたばかりではありませんか」

「お斬られなすったのです。そ、それは酷《むご》い殺されようで」

「与平、お前……」

「この目で見たのでございますよ。料理茶屋『夢座敷《ゆめざしき》』の女将《おかみ》さんへ頼まれていました品を届けての帰り、大騒ぎの現場に通りかかり……」

「確かに高枝四郎信綱様でしたか」

「は、はい。この目で、この目でしかと見ました」

「高枝様は無形神刀流皆伝の剣客《けんかく》ですよ。御旗本の中で、その右に出る者は少ない、と評されておられる程の御方《おかた》」

「その高枝様の腹は切り裂かれ、胃の腑など何一つ無くなり空洞と化しておりました」

「ええっ」と、思わずのけ反《ぞ》りよろめくエンであった。

宗次が代わって訊《たず》ねた。

「で、与平さん、役人は出張っていましたかえ」

「北町奉行所の市中取締方筆頭同心飯田次五郎様や、春日町の平造親分らが遺体の見分をしているところでした」

「そうですか、判りました。恐持《こわも》てで知られた飯田様や平造親分が動いているなら、調べは進みましょう。御内儀《おかみ》さんの驚きが大き過ぎるようなので、ひとつここは私に任せて番頭さんはお店へ退《さ》がって戴けませんか」

「はい、それはもう……」

大番頭与平は、青ざめた顔のまま戻っていった。

　エンが崩れるように、敷居の上に座り込んだ。

「その高枝四郎信綱ってえ御旗本は、加賀屋の上得意なんですかい御内儀《おかみ》さん」

「上得意と言うよりは……次男甚介《じんすけ》が通っている剣術道場の師範代で……たいそう甚介が可愛《かわい》がって貰っておりまして」

　と、力なく言うエンは茫然自失《ぼうぜんじしつ》の目つきであった。

「ほう、ご次男が剣術をしていたとはね。お幾つです？」

「十六……侍になるのが夢だとか言い張りまして……母親の注意に耳を貸してくれません」

「侍にねえ」

「後継ぎの甚吾郎《じんごろう》が幸い商売熱心だからよかったものの……」

「後継ぎはお幾つ？　まだ引き合わせて貰ってはいやせんが」

「十八……亡き夫に面立《おもだ》ちも性格もよく似ております」

「それは何より。それにしてもご次男が今時つまらねえ侍になりてえとは、困ったもんだ」

「矢張り困ったもんでしょうか先生」

「ああ、困ったもんでございますよ。商売で成功する方が幾らか立派だあな」

「私、一体どうしたら……」

うなだれたエンの、蚊《か》の羽音のように小さなその呟《つぶや》きを、宗次は「ん？」と聞き逃さなかった。

「斬り殺されたとか言う、その剣術師範代の御旗本と、御内儀《おかみ》さん何かありましたね」

「…………」

「無理に聞きたいとは思いやせんが、男っ気たっぷりで知られた御主人が残したこの立派な身代を、誰彼の甘言《かんげん》に騙《だま》されて手放すような事があっちゃあいけませんぜ。宜《よろ》しいな」

「三度……」

「え？……三度がどうしました」

「甚介が必ず武士に取り立てられるよう、五百石の旗本の面子《メンツ》にかけて力を貸すからと高枝様が申されて」

「申されて……どうしなすった」

「下谷池之端《したやいけのはた》の出合《であい》茶屋でこの肉体《からだ》を……」

「なんてこった。大店《おおだな》加賀屋の 女主人《おんなあるじ》ともあろう御人《おひと》がその始末《しまつ》ですかい。草葉《くさば》の陰《かげ》で御主人、泣いていなさるでしょうに。まったく情《なさけ》ねえ」

と、宗次の言葉は厳しかった。

主人《おっと》を亡くした妻女を相手にして、浮世絵師という正業の裏手へ回って密《ひそ》かに妖し絵なんぞを描いていると、こういう出来事に出くわす事は決して少なくない。

が、そのようなとき宗次は、余程《よほど》の事がない限り「よしよし可哀《かわい》そうに」と背中をさするような言葉は吐かなかった。

「ごめんなさい、本当にごめんなさい」と、エンが指先で目頭《めがしら》を押さえる。

「三度も済ませてから、私に謝って貰っても仕方ありませんやな」

「でも、宗次先生も悪いのです」

「お待ちなせえ。どうして加賀屋の魅惑的な女主人の不義密通が、浮世絵師宗次の責めになるんでござんすか」

「だって宗次先生がもう少し私の前に早くに現われて下さっていたなら、私、高枝様の言いなりになったりは致しておりませんでした」

「なんとまあ。だから、この宗次先生も悪いのだと？」

「はい」

「御内儀《おかみ》さん、ひょっとして肉体《からだ》だけではなく、金《かね》もせびり取られたんじゃあないでしょうね」

「……」

「返事が出来ねえところを見ると、やはり取られなすったな。幾らです？」

「……」

「幾ら取られなすった。言ってしまいなせえ。この宗次は口が固《かて》えんだ」

「三百両ばかり……」

「な、なんと、私の妖し絵相場の百枚分じゃござんせんか」

宗次の妖し絵相場は長く一両であったが、いつの間にやら他人様《ひとさま》によって三両にされてしまっている。

「すみません、申し訳ありません。宗次先生への御支払いは、相場の倍以上に充分に」

「そんな事を言いたいんじゃねえやな。くわっと目を見開いて、しっかり店《たな》を守りなせえ、この腑抜《ふぬ》け女《あま》めが」

宗次は声を荒らげ、眉間《みけん》に皺《しわ》を刻んで、はったとエンを睨《にら》みつけた。

エンは、息をとめて宗次の目を見返した。

エンの両方の目から、ぽろぽろと大粒の涙がこぼれ落ちるのに、さして刻《とき》は必要なかった。

宗次は天井を仰《あお》いで、溜息《ためいき》を吐《つ》いた。

三

「ここか……」

宗次は加賀屋大番頭与平から聞いた、旗本五百石高枝四郎信綱邸の門前に立った。

西日が宗次の背中と、高枝邸の土塀に当たっていた。

屋敷に表札は掛かっていない。それに代わるようにして「無形神刀流湯島《ゆしま》道場師範代」が遠慮がちな目立たぬ大きさで下がっている。四郎信綱にとっては、無形神刀流の皆伝者である事、あるいは道場師範代である事が、余程の誇りであったのだろうか。

「それにしても殺した相手の腑《ふ》(内臓)を一片残さず持ち去るとは……」

呟《つぶや》いて宗次は、小さく首をひねった。

高枝邸は静まり返っていた。猟奇的な殺され方であったと言うのに、屋敷内からは慌《あわ》ただしさも悲しみの気配も伝わってこない。被害者の身元が判《わか》っている訳だから、遺骸はすでに、しかるべき筋から目の前の高枝邸へ引き渡されている筈《はず》、と宗次は思った。その割には人の出入りも全く無い。

「これは宗次先生じゃあねえか」

辺りを憚《はばか》ったような抑え気味の声が、背後でした。

宗次が振り返ると、小旗本か御家人かの小屋敷の角から現われた飯田次五郎が、怖い顔つきで近付いてきた。

「これは市中取締の旦那」

と、宗次は丁寧に腰を折った。

「絵道具を抱えているところを見ると、絵仕事帰りかえ先生」

「ええ、まあ」

「それが何でこの屋敷の前に立っているんでえ」

と、筆頭同心の声は一層のこと小さくなって、ジロリとした目つきで宗次の足の先から頭の天辺《てっぺん》までを舐《な》めまわした。

「少し歩きませんかい旦那」

「おうよ」

二人はどちらからともなく、高枝邸の門前から離れて歩き出した。

「辻斬《つじぎ》りに遭《お》うたのは、剣術師範代の御旗本ってえじゃありやせんか」

「なんだ。こちとら、殺《や》られた侍の身元を突き止めるのに、えれえ手間が掛かったというのにもう宗次先生の耳へは、そこまで入っているのけえ」

「腹の腑《ふ》なんぞ一片残らず切り取られていたと言う噂《うわさ》のようですねい。そういった猟奇事件の噂なんぞは、直ぐに広まりまさあ」

「で、先生もそこん所が気になって、ここへ訪れなすったか」

「まあ、そんなとこで」

「浮世絵の材料にはなるめえ」

「お調べは町奉行所で？」

「北町の御奉行が、目付ご支配の若年寄土屋《つちや》備前守《びぜんのかみ》様とご協議なされてな、結局のところ北町奉行所預けとなったのよ」

「それは大変でござんすね」

「大変だあね。北町奉行所預けとは言ってもよ、殺されなすった高枝家へは不用意に立ち入れないわや。なにしろ五百石の御旗本で、無形神刀流の剣客とき ている。面子ってものがあらあな」

「むつかしいですね。扱い様《よう》が」

「うむ。むつかしい」

「で、高枝様は何のお役職に就《つ》いておられましたので？」

「そんなこたあ、宗次先生が知る必要なんざねえやな。目明しにだってまだ打ち明けちゃあならねえ、と上から釘《くぎ》を刺《さ》されてるってのによう」

「上はかなりピリピリしていなさるんですね」

「まあな。酷い殺され方だったから尚《なお》の事《こと》だわさ」

二人は何気ない足どりで、高枝邸の白塗りの土塀に沿うかたちで歩いた。

その土塀の角を折れると、幅五、六尺ほどに細くなった小路に、西日が二人の影を長くつくった。

二人はその影を、ゆったりと追うようにして歩を進めた。

「で、辻斬りの目撃者ってのは、いねえんですかい」

「いねえ。って言うか今のところ現われねえ」

「殺され様《よう》が殺され様なんで、たとえ目撃者がいたとしても、かかわり合いを恐れて名乗り出ねえかも知れませんね」

「だな……」

「高枝家は、どうなるんです？　旗本たる武官が辻斬りにやられるなんぞけしからん、とお取潰《とりつぶ》しですか」

「いや、刀の刃毀《はこぼ》れがかなりひどい事から、相当激しくやり合ったと見られており、お取潰しはねえ。むしろ、二十一歳になるご嫡男信行《ちゃくなんのぶゆき》様の家督相続が、すんなりと運びそうだとか」

「それは何より。あとは信行様が、どう御無念をお晴らしになるか、ですね」

「ところが、このご嫡男が、ご病気がちの奥方様に似てか、ひ弱でいらっしゃるようでな」

「お会いなすったんで？」

「とんでもない。お奉行がそれとなく申されたのよ」

二人は高枝邸をひと回りして、また門前に立った。

「宗次先生、もういいから帰ってくんねえ。俺はあと一刻《とき》半ばかりこの界隈《かいわい》で目を光らせ、交替の同心が来たら引き揚げる事になってる。どうでえ、鎌倉《かまくら》河岸《がし》の『しのぶ』で一杯やらねえか」

「いいですねい。じゃあ、『しのぶ』へひと足先に行って、待っておりますんで必ず来て下せえ」

「おうよ」

「あと一刻半と言やあ、お江戸は闇でござんす。充分にお気を付けなさいまして」

「俺のような貧乏同心は斬られやしねえよ。心配するねえ」

「そうですかい。じゃあ鎌倉河岸で……」

二人は高枝邸の門前で右と左に別れた。

この別れが一方を奈落の底へ引きずり込む事になろうとは、知る由《よし》も無い浮世絵師宗次と、町方同心飯田次五郎であった。

四

飯田同心と別れた宗次は、西日の満ちた空を仰いで、「日が沈む迄にはまだ充分に刻《とき》がある」と読んで、下谷《したや》池之端の料亭『しらぎく』へ足を向けた。

料亭というものが初めてかたちとして江戸に現われた、その最初の店であったから、格式も店構えも他の同業と比べて擢《ぬき》んでていた。

この『しらぎく』の女将キク（五十一歳）は、かつて偽者《にせもの》浮世絵師宗次に妖し絵を描かれた苦い経験を持っている。

宗次は、『しらぎく』の衡門《かぶきもん》（冠木門のこと）の前に佇《たたず》み、呆《あき》れたように二階を見上げた。

表通りに面した座敷障子は開け放たれ、三味線《しやみせん》と謡《うたい》に合わせて舞っている侍の頭――銀杏頭《いちようがしら》――が、ちらりちらりと見える。

(なんてこったい。外はまだ明るいっていうのによ)

侍の時代の終わりは近いな、と思いながら、宗次は『しらぎく』の衡門を潜《くぐ》った。

衡門は侍屋敷の簡略門が原則であったが、そんなこたあ知っちゃあいねえ、といった堂堂たる二本柱の料亭『しらぎく』の門だった。

玄関の大格子戸は四枚組になっていて、うち右端と左端の二枚は固定され、中央の二枚だけが左右へ開くようになっている。

宗次が格子戸を引き開けると、からくり仕掛けになっているのか廊下の奥で鈴が鳴り、「はあい、只今《ただいま》」と女の声がした。

「あら宗次先生」

と姿を見せたのは女中頭《がしら》のギンだった。年は三十前後であろうか。

「相変わらず明るい内から、はやっているねえ」

「あ、二階のお座敷のことですね。ご出世なされた御旗本が、新たに御自分の御支配下となる主だった方《かた》五、六人と見えられたのですよ」

「ふうん、出世ねえ」

「ほら、無形神刀流とかの強い剣術家の御旗本が、昨夜《ゆうべ》だかに辻斬りに殺《や》られたと言うじゃありませんか」

　と、女中頭のギンは、玄関式台《しきだい》の上から宗次に顔を近付け、声をひそめた。

「なんでも、その殺《や》られた御旗本に代わって、急遽《きゅうきょ》ご出世が決まったとか」

「へえ……事件の翌日に出世が？……えらく早《はえ》えなあ」

「本当。非情なもんよねえ、侍社会なんてのは。あら、ご免なさい、さ、上がって下さいな」

「いや、いいんだ」

「そう言わずに。いま、女将さんを呼んで参りますから」

「本当にいいんだ。それよりも梅《うめ》は元気にしているかえ」

「ええ、元気ですとも。行儀作法の覚えもいいし、お茶お花の上達も早いんで、女将さんも驚いていらっしゃいますよ。梅ちゃんにも会っておあげなさいな」

「いや、暫《しばら》くは会わねえ方がいい。甘さが出ちゃあいけねえからよ」

宗次はそう言うと、着物の袂《たもと》へ左手を引っ込めた。

「育ち盛りの梅だから、食べたいもの、欲しいもの、見たいものが色色ある筈だ。これでな、私からとは言わずにときどき梅の面倒を見てやってくんねえか。それから、これは少ねえけどよ、お前《めえ》さんへの面倒かけ賃だ」

宗次はギンの左掌に一両を、右掌に二両を摑《つか》ませようとした。

「なんですか先生これは。女将さんも私も梅ちゃんを我が子のように思ってんですよ。深川《ふかがわ》生まれの私を小馬鹿に……」

「深川生まれも気風《きっぷ》の良さも判ってらあな。だから、な、私の気の済《す》むようにさせてくれねえか」

「困った先生ですねえ」

「無作法は謝る、だから、な」

「判りました。じゃあ今回だけ受け取ってあげます。けど、二度目はいやですよ」

「うん、承知した」

「それからもう一つお願いがあるの先生」と、ギンの表情が優しくなった。

「なんでえ。言ってみな」

「あのね」とギンは再び、宗次の耳元へ顔を近付け囁《ささや》くように言った。

「私の肌、雪のように白いの知らないでしょ先生」

「ああ、知らねえ」

「お乳も大きいんだから」

「ほう……」

「だから、ね、描いて」

「ん？」

「またとぼけて。何が、ん？　ですかあ。先生に描いてと囁き声で言ったら何を描くか決まっているでしょうがあ」

「囁き声でか……」

「そうですよう」

「それは出来ねえな。キク女将が偽《にせ》宗次に引っ掛かった事《こた》あ、女中頭のお前《めえ》さんが知らぬ筈はあるめえ。そのキク女将の口惜《くや》しさを考えりゃあ、お前《めえ》さんの妖し絵を描く訳にはいかねえよ」

「あ、そうかあ……そうねえ」

「それによ、お前《めえ》さんにはこの店の板長を任されている立派な旦那がいて、幸せな毎日じゃねえか。雪のように白い肌を見せるのは、旦那だけにしときねえ」

「宗次先生……」

「なんだ」

「ほんと、いい人なんですねえ宗次先生って」

「おだてたって描かねえやな」

「ともかく梅ちゃんの事は大切にしていますから、ご安心下さっていいですよ」

「そうかえ。じゃあ、これで帰るわ」

「一杯飲んでお帰りなさいな。どの客座敷にも予約が入っていますから、女将さんの座敷や女中頭の小座敷なら気儘《きまま》に使っていいですからさ」

「ありがとよ。またにすらあ」

宗次は笑顔を残して料亭『しらぎく』を出た。

外はすでに西日が深く傾き出していた。

「おっつけ闇か。何事もなけりゃあいいが」

空に浮かんだ雲の端が夕焼け色に染まり出しているのを仰ぎ見て、宗次は呟き眉《まゆ》をひそめた。

およそ、ひと月ほど前に料亭『しらぎく』の女将に預けた梅のことが、気になって気になって仕方がない毎日の宗次であった。

つい最近、宗次の身に降りかかった難事件で蠢《うごめ》いた手練《てだれ》忍び集団。

幾人もの犠牲者を出したその忍び集団が、事件の終焉《しゅうえん》の際に、宗次の手に預けた五歳の可愛い女児。

それが梅であった。いわば忍び集団の、忘れ形見だった。

教養、作法、習い事、何処へ出しても恥ずかしくない素晴らしい人間に育て上げてみせる。宗次は、そう己《おの》れにこの凡《およ》そひと月の間言い聞かせてきた。

その強い思いを、格式高い料亭『しらぎく』に託したのである。

「ごめんなさいやし先生」

顔見知りの老大工が、道具箱を肩に会釈《えしゃく》をして勢いよくすれ違い、宗次が「あいよ」と返す。

「あら先生、今宵《こよい》はどちらへ？」

すぐに入れかわって、今度は黒羽織の姐《ねえ》さんが、向こうから近付きつつ右手をしなやかに「ちょいと……」と泳がせ明るい笑《え》みを送ってきた。

「よ、小円《こえん》姐さん今から『しらぎく』かえ」

「そ、御旗本のお座敷に呼ばれてんの」

「売れっ妓《こ》だねえ、しっかりと稼ぎねえ」

「そのうち浅草寺《せんそうじ》さんのお参りに、連れてっておくれな先生」

「心得た。近いうち声をかけらあ」

「忘れないで」

「うん、待ってな」

小円姐さんとの間を、ゆっくりと引き離していた宗次の足が、体の向きを変えて早まった。

宗次は小円姐さんと話を交わしつつ、鎌倉河岸の『しのぶ』へ行く前に、（寄ってみるかな……）という気になりかけている所があった。

「先生、一日ご苦労さんで」

「や、親方もお疲れさん」

また声を掛けて行き過ぎた二人の職人風に、宗次も気軽に返した。

顔の広い宗次が江戸職人たちの間でこのところ急に人気が上がっていたが、それには訳があった。

江戸大工の長老的存在である大棟梁《だいとうりよう》東屋甚右衛門《あずまやじんえもん》（八十二歳）の神田《かんだ》屋敷の襖《ふすま》絵《え》に、妖し絵で忙しい宗次が凡そ一年かけて職人たちの働く姿を描いたからである。

広間の襖四枚の端から端までに描かれたその大作は、当たり前なこれ迄の浮世絵とは全く異った宗次はじめての写実的繊細《せんさい》画だった。

日本橋呉服町《ごふくちよう》の二階建て五棟続きの大店《おおだな》の新築現場を描いたそれには、東屋甚右衛門配下にある七人の棟梁ほか、百数十人に及ぶ大工、左官、屋根葺《ふ》き職人、石・材木職人などが生き生きと描かれ、更には棟梁たちと打合せする大店の主人《あるじ》や大番頭、二番番頭、三番番頭たちの真剣な姿も交えて、まさに浮世絵師宗次渾身《こんしん》の大作と職人たちの評判は高い。

宗次が、その東屋甚右衛門の神田屋敷の門前に着いたとき、日はとっぷりと暮れていた。

「おう、よく訪ねて下さいました先生。ささ、どうぞ上がって下さいまし」

宗次を迎えて、甚右衛門は喜んだ。八十二歳とはいえ、荒《あら》仕事で鍛えた大棟梁の心身は未《いま》だ矍鑠《かくしやく》たるものだった。

「いきなりお訪ねして、ご迷惑でありませんでしたか大頭《おおがしら》」

「何を水臭いことを言いなさる。大人気で忙しい中、一年近くもこつこつと通い詰めて下さった先生じゃございませんか。ご自分の家同然と思って下せえやし。さ、遠慮なく」

と、にこにこ顔の八十二歳だった。

宗次は当然のこと、大作「働《はたら》いて明日《あした》」と題した襖絵のある広間へ通された。

「母さんや、宗次先生がお見えになった。旨《うま》いものを頼みましたよ」

「おやまあ先生が？」

と、廊下を小さく鳴らしながら、五つ下の老妻イチがあたふたと元気な姿を見せた。

「ごぶさた致しております。日が落ちてから突然に申し訳ありません」

宗次は丁寧に畳に両手をついて頭を下げた。長いこと夫甚右衛門の背中を支えるようにして、気の荒い大勢の配下の職人たちをまとめてきたイチだった。老いて優しい顔立ちの奥には、未《いま》だ鉄火《てつか》を秘めている。

「何をおっしゃいますか。先生なら真夜中であろうと、早朝であろうと、いつ訪ねて下さっても大歓迎でございますよ」

「は、はあ。ありがとうございます」

「ゆっくりなさって下さいよ。ゆっくりは出来ない、なんて仰《おつしや》っては駄目ですよ。どじょう鍋に致しましょうか。すぐに用意をしますから」

「あ、いや、今夜は大頭《おおがしら》と酒抜きでちょっと大事な話が……」

「おやま……」と、イチは夫甚右衛門に視線をやった。

「先生が、そう仰ってるんだ。酒と飯はあとで考えるとしよう」

「そうですか。じゃあ先生、一応準備だけは致しておきますからね」

「面倒をおかけ致します」

「何《なん》て事《こと》は無いですよ」

イチは笑みを残して、広間から退《さ》がった。

「で、どうなさいました先生」

甚右衛門が体を少し前へ傾けたが、綺麗に整えた正座は微塵《みじん》も崩さない。

宗次は迷うことなく切り出した。そのために甚右衛門を訪ねて来たのだ。

「大頭の耳へは、もう入っておりましょうね。剣術を相当やるとかいう五百石の御旗本高枝四郎信綱様とやらが、辻斬りに遭って酷い殺されようをなさった事件」

「ええ、入っておりやすよ。御旗本か、剣術をやるかどうか、は知りませんがね。この東屋《あずまや》甚右衛門の二番棟梁である録助《ろくすけ》が抱えている若い大工が、町奉行所同心や目明しの親分が見分している現場に通りかかり、すぐに私《あっし》の所へ知らせが入りやしたよ」

「そうでしたか」

「何でも腹を大きく切り開かれ、胃の腑も何もかも無くなって空《から》になっていたと言うじゃありやせんか」

「異常な殺され様《よう》です。しかも殺された御旗本は、無形神刀流湯島道場の師範代らしいのですよ」

「な、なんですってい。無形神刀流の湯島道場と言やあ、この東屋からそう遠くは離れておりやせん。こいつあ驚きだ」

「大頭は、この江戸じゃあ特に顔が広いことで知られた御方。配下の棟梁の中には侍屋敷や剣術道場の普請《ふしん》を受けた者もいるんじゃありませんか」

「なるほど。普請を受けた中に、辻斬りをして腹の臓物をすっかり抉《えぐ》り取ってゆくような異常性格者はいないか、と訪ねて来なすった訳ですねい先生」

「ええまあ、そんなとこで……」

「私《あっし》の知る限りでは、そんな恐ろしい異常性格者はいねえ……だいいち、そんな異常野郎にかかわる普請なんぞを受ける棟梁は、東屋の息がかかった中には一人もいませんや」

「いや、まったく、そう言われると謝るほかありません」

「しかし何で宗次先生ほどの御人《おひと》が、それ程までにその酷い事件のことを気になさるんで？」

「北町奉行所同心の飯田次五郎様や春日町の平造親分とは仲がいいもので、何とか力になりてえと思いましてね」

「なある……そう言えば飯田同心や平造親分が現場を見分していたと、私《あつし》への知らせでも若い者《もん》が言っておりやした。いい意味でも悪い意味でも恐持《こわも》てで名を売っていなさる飯田様と平造親分だ。ようがす。宗次先生へ力をお貸し致しやしょう」

「有難い。恩にきますよ大頭」

「とは言っても、腸《はらわた》を持ち逃げするような野郎なんざ私《あつし》に心当たりがある訳がねえやな。餅《もち》は餅屋かも知れねえ。私《あつし》の幼馴染《おさななじ》みの悪太郎に今や香具師《やし》の元締として……」

「あ、大頭から以前に聞いた事がありますね。確か、愛宕下《あたごした》の吉次郎《きちじろう》」

「そ、江戸の闇半分を縄張りにしている吉次郎なら、腸《はらわた》を持ち去るような異常者の二人や三人、知っているかもしれやせんぜ先生」

「会わせてくれますか吉次郎元締に」

「いいや、先生が直接に会うのは感心しませんや。ご覧なさいまし、この広間の襖絵を。ぞくぞくするような〝働《はたら》いて明日《あした》〟じゃあございませんか。先生の才能が、大作の中ではち切れていますよ。そのような大家《たいか》を江戸の闇を仕切る元締に直接会わせる訳にはいきませんやな」

「では、どうすれば」

「先生は鎌倉河岸の八軒長屋へ戻っていておくんなさい。吉次郎には私《あっし》が会いますよ」

「それは助かる」

「今から直ぐに駕籠《かご》を飛ばして行って参りやしょう」

「夜は物騒です。明日でいいですよ」

「なあに、この東屋には若く元気な職人が何人もいますから、気の荒いのを二、三人連れて行きまさあ。心配ご無用です」

「そうですかい。そういう事なら」

宗次は「実は……」と、鎌倉河岸の居酒屋『しのぶ』で飯田次五郎同心と落ち合うことを甚右衛門に打ち明けて、東屋を辞した。

五

「なんだか、いやな感じの月だぜ」

北町奉行所の市中取締方筆頭同心飯田次五郎は、夜空を見上げてチッと舌を打ち鳴らした。

頭上の月が、いやに青白く不気味に、飯田次五郎には見えた。

他の事件を追っていた交替同心の到着が遅かったため、飯田次五郎が旗本高枝邸の門前から離れたのは、心積もりよりも半刻ばかり遅れていた。

次五郎は足を急がせた。

「まったく、もう少し奉行所の属僚（与力同心のこと）の数ってえものを、増やして貰いてえもんだ。この大江戸の行政、立法、司法、治安警察から火消しまでを今の陣容でどうにかしろってえのは、無茶に過ぎるってえもんだぜ。くそっ」

月明りの下、不満顔でぶつぶつ呟く次五郎であった。

次五郎は疲れ切っていた。事件、事件でお定《さだ》めの勤《つと》め時間なんぞ、無きに等しかった。そこへ持って来て、旗本殺しの猟奇事件である。

実際、奉行所の属僚の数は、著《いちじる》しく不足していた。

南・北両奉行所を合わせても、与力五十騎、同心百名に過ぎない。

お定《さだ》めでは、南・北両奉行所が月番交替のかたちで御番所の大門を開け、江戸市中の諸問題に対処する事になっていたが、ここ三、四か月は昼夜《ちゅうや》の別なく両奉行所の与力同心が協力し合って市中に出張《でば》っている。

「宗次先生、待ってるだろうぜ。今夜は儂《わし》の奢《おご》りとするかあ」

次五郎は、〝泥鰌《どじょう》のジゴロ〟の異名で江戸の町人たちから煙たがられている存在だったが、浮世絵師宗次を、いたく気に入っていた。

次五郎にはいま五歳になる一人娘がいる。母親はこの娘を難産で次五郎の手に預けたあと、静かに息を引きとった。

以来、次五郎は男手一つで懸命に娘を育ててきた。

その幼い一人娘を「描いてくれないか」、と次五郎同心が宗次に頼み込んだのは昨年のこと。

そのとき宗次は、こう答えている。

「よござんす。描かせて戴きやしょう。観音様の胸に抱かれて嬉《うれ》しそうに微笑《ほほえ》んでいるお嬢様を」

「観音様の?」

「奥様でござんすよ。観音様となって、お嬢様を見守って下さっている奥様でござんすよ」

「宗次、貴様……」

ポロポロと大粒の涙をこぼした飯田次五郎が、宗次を信頼し親しみを覚えるようになったのは、それからの事だ。

「近道をするか」

呟《つぶや》いて飯田次五郎は、小さな稲荷《いなり》神社の境内《けいだい》を斜めに突っ切る積もりで入っていった。

彼の雪駄《せった》の裏で、落ち葉が実にうるさかった。

あと数歩も行けば、そのうるささから解放されると次五郎自身が思ったとき、背後から「もし、お待ちになって……」と澄んだ黄色い声が掛かった。

飯田次五郎は足を止めたが何故《なぜ》か、ぞうっとなって振り向けなかった。

脳裏に一瞬、高枝四郎信綱の空《から》になった腹を思い出したことが、飯田次五郎の五体を縛った。

それでも彼は、気力を振りしぼって、足を前に進めようとした。

「お待ちなさいまし。ほほほほっ、何をそんなに急いでいらっしゃいます」

飯田次五郎は真冬に冷水を浴びせかけられたように、震えあがった。

心の臓に突き刺さってくるような、何とも気味悪い声の響きだった。

「これ。棒のように突っ立っていないで、振り向いて顔を見せておくれ」

「…………」

飯田次五郎は、こいつだ、と感じた。当たり前の喋《しやべ》り方でないこと、当たり前の澄んだ声でないこと、でそう感じた。

「聞こえないのかえ。これ、耳はあろうに。さ、顔を見せておくれ」

「うぬ……」

（俺は北町奉行所市中取締方筆頭同心……）、飯田次五郎は自分にそう言って聞かせ、下腹を力ませた。

それでようやく、右手が刀の柄にいった。治安方《ちあんがた》同心として一応は、剣術、十手、棒術などの修練には励んできた。励んできた、とは言っても何者に対してても自信がある、という腕前でないことは、自分が一番よく知っている。

「おや、気分を害したのかえ。余《よ》を斬りたくなったのかえ、ほほほほっ」

「おのれ、何がおかしいかっ」

飯田次五郎は、ついに振り向いた。七、八間《けん》はなれた月明りの下、そこに深編笠をかぶった着流しの二本差しがいた。すらりと背丈があった。

「なんと強そうな面構えじゃのう、これはいい、これは美味《うま》そうじゃ」

「な、なにいっ」

「これ、早く余にくりゃれ、頼むから、そなたの腹肝《はらぎも》をくりゃれ」

「や、矢張り、おのれだな」

「そう熱《いき》り立《た》つでない。余は腹肝が欲しいのじゃ、今すぐ欲しいのじゃ」

「黙れ、この獣《けもの》野郎が」

「獣……余の、この顔が、獣だと言うのかえ、お前様」

相手がゆっくりと、まるでその動作を楽しむかのようにゆっくりと、左手で深編笠を取り、無造作に足元へ落とした。幼子《おさなご》が、さながら涎《よだれ》を垂らすかのように、だらりと落とした。

「あ……あ……あ」

飯田次五郎は声にならぬ声を発した。口を大きくあけ、目を見開き、両の肩はたちまち激しい震えに見舞われていた。

「おいで、さあ何もしないから、余《よ》のそばにおいで」

相手が両手で手招いた。紋白蝶《もんしろちょう》が舞っているかのように青白い両手で手招いた。

「よ、よせ……」

ようやく言葉と判る声を、次五郎は出した。痰《たん》が絡《から》んだような濁《にご》った震え声だった。

手招かれて次五郎の足は、ジリッと前に進み出た。ひきつった表情は明らかに相手の手招きに抗《あらが》っているというのに、足の動きは別の意思に従っている。どうにも……どうにもならぬかのように。

「やめ、やめて……くれ」

真っ白に化しているると自分でも見えている頭の片隅に、次五郎は幼い一人娘の顔を思い浮かべた。それが懇願《こんがん》の言葉を吐かせた。俺は北町奉行所市中取締方筆頭同心、の見栄《みえ》など完全に消え去っていた。

「余は、そなたが気に入ったのじゃ、怖がることはないぞ。怖がることはないぞ。さあ、もっと素直《すなお》に余のそばへ来るのじゃ」

手招きをやめた相手が刀の柄にその手をやりつつ、「ほほほほっ」と黄色く笑う。

月明りが、すうっと弱まった。

相手が鞘《さや》から刀を滑らせた。鞘がかすかに、シャリシャリシャリと鳴った。

双方の間は、いつのまにか二間《けん》ほどに縮まっている。

「く、くそうっ」

次五郎は狂ったように頭を左右に振り、抜刀した。

「おう、抜いたかえ。それでよいのじゃ、それでよいのじゃ。おとなしい雛《ひよこ》よりも、その方が腹肝《はらぎも》の味はよい」

「おのれえっ」

悲鳴のような声を発して、ついに次五郎は地を蹴り自分から斬り込んだ。

「ほほほほっ」

相手は再び強まった月明りの下で、幼子《おさなご》と戯《たわむ》れるかのように、くるりとひと舞いする様《さま》を見せて、次五郎の斬り込みを弾《はじ》き返した。

ガチンッと二本の鋼《はがね》が打ち鳴って、月下に青い火花が散る。

「くそっ、くそっ、くそっ」

次五郎は二撃、三撃、四撃と打ちかかった。それなりに猛然と打ちかかった。夢中だった。夢中になるしかなかった。

(助けてくれ、誰か助けてくれ……)と、頭の中の絶叫が、はっきりと聞こえていた。

「ほれ、踊るのじゃ、もっと踊るのじゃ。強いぞ、強いぞ、ほほほほっ」

ひらり、ふらり、と蝶のように舞いながら相手が次五郎の剣を訳もなく躱《かわ》す。

極限の恐怖。その恐怖がこのとき、次五郎に別の動きを咄嗟《とっさ》にとらせた。

五撃目を躱された次五郎が、相手に背を向けた。

足には自信がある。だから次五郎は脱出を試みた。いや、試みようとした。

「これ、逃げてはならぬ」

相手の剣が次五郎の背を、右肩から左臀部《でんぶ》にかけ光のように伸びて走った。

「があっ」

次五郎は夜空を摑《つか》もうとするかのように両手を上げて、仰《の》け反《ぞ》りかえり刀を手放した。

「そうれ、もう一丁。ふふふふっ」

いたぶるように今度は、凶刃が左の肩先から右臀部にかけて走り、次五郎は体をねじって悲鳴をあげることなく横倒しになった。

このとき境内《けいだい》の外で、呼《よ》び笛《こ》がけたたましく鳴った。

続いて「人殺しだあ、辻斬りだあ」の甲高《かんだか》い叫び声。

「おやおや、邪魔が入ったか。ではまた、何処《どこ》ぞで旨《うま》そうなのを探そうかえのう」

横向きに倒れて苦しむ次五郎同心の頰へ、そ奴は刀の切っ先を触れると、ツウーッと滑らせてから鞘《さや》に収めた。

六

「いやに遅いのう」

呟《つぶや》いて盃《さかずき》を口元へ運ぶ浮世絵師宗次に、居酒屋『しのぶ』の主人角之一《あるじかくのいち》が、

「飯田の旦那も、よく働く御人《おひと》だからよ。なあに、追っ付け見えるわさ」

と言いながら、小皿に盛った烏賊《いか》と大根の煮付けを、宗次の前に置いた。

店はこの刻限もう、元気な職人たちや貧乏御家人たちの笑い声、歌声で、大《おお》賑《にぎわ》いだ。

この店の中へ一歩入れば、侍も町人も鳥追い女も関係なかった。皆が同列で、料理自慢の角之一の味と酒を楽しんだ。

酒だけは、灘《なだ》のいいものを置いている。

居酒屋『しのぶ』は、店へ入って左手に小上がりが続いていた。右手には、

醤油樽《しょうゆだる》四つを脚がわりとしてその上に半畳ほどの板をのせた卓が三卓あって、これを床几《しょうぎ》が囲んでいる。顔見知りだろうが、顔見知りでなかろうが、その卓を取り巻いてわいわい飲み騒ぐのである。

今宵は二つ目、中央の卓で鳥追い女が三味線を弾き、鳶《とび》職人たちが手拍子で歌いえらく盛り上がっていた。

いま宗次が酒を飲んでいる席は、通路を挟んで小上がりに背を向ける位置だった。主人《あるじ》の角之一と女房の美代《みよ》がいる調理場と客との間を仕切るかたちで、長さ七、八尺、幅一尺半ほどの板が渡され、その板を前にして客たちは醤油樽をひっくり返したやつに腰を下ろし、飲み且《か》つ食べるのだった。

四、五人がゆったり並んで座れる。

「先生よう……」

角之一が、身を乗り出すようにして、宗次に顔を近付けた。

酒や料理をのせている板が、ミシリと軋《きし》んで撓《しな》ったが、角之一は構わない。

「何だか薄気味悪い事件が起きたっていうじゃないか」

角之一が囁いた。顔をしかめている。

「辻斬りのことかいね」

と、宗次も小声になった。

「そう。腕に覚えの旗本が、酷い殺されようだと言うじゃないですかい」

「うむ……でな、その下手人の探索《たんさく》に当たっている北町の飯田様や春日町の平造親分の身を案じているって訳よ」

「え、腕に覚えの旗本が殺《や》られた事件だっつうのに、町方が調べを進めるのかね」

「そうらしい」

「そりゃあ、よくねえ。飯田の旦那や春日町の親分の身が、危ないんじゃあ」

「確かに、奉行所の与力同心や目明しの親分たちが、幾人も犠牲になる恐れは、充分にあるなあ」

と、宗次の小声が一層小さくなる。

「だろう」

「うん」

「殺《や》られた凄腕《すごうで》の旗本ってえのは、無役ですかい？」

「さあな。その辺のところが江戸市中に知られるようになるのは、町方の調べが本格的に進み始めてからだろうよ」

「やだねえ。夜の江戸が歩けなくなりゃあ、『しのぶ』の商《あきな》いも冷え込んじまわあ」

「そうだなあ、嫌な世の中だ、まったく」

そう応じながら宗次は、殺られた旗本は幕府三番のいずれかに属している番士ではないか、と想像していた。

梅の躾《しつけ》を託してある江戸一の料亭『しらぎく』では、出世が決まった旗本が明るい内から宴《えん》を張り舞っていた。しかもその出世は、『しらぎく』の女中頭ギンによれば「殺られた旗本に代わって急遽《きゅうきょ》決まった出世」であるらしいと言う。

宗次は梅を預けている手前もあって、それ以上にギンから聞きだすことはしなかったが、この時期によくある出世は幕府三番である、と承知してはいた。

妖《あや》し絵《え》にしろ、襖絵《ふすまえ》にしろ、今や大名旗本家への出入りも決して少なくはない宗次であったから、「出世できた、できない」の話は時に内内に聞かされたりする。

「下手人が早く捕まってくれることを祈りたいね、まったく」

角之一は空になった宗次の盃に酒を注《つ》ぎながら、そう呟き残すと、「おい角さん親爺《おやじ》よう」と声を掛けた若い酔客《すいきゃく》の方へ場を移していった。

宗次は、ぐい飲みに近いかたちの盃を飲み干した。

このとき視野の端に、店に入ってきた春日町の平造親分を捉《とら》えて、宗次は少し斜め後ろへ上体をねじった。

小上がりの客二、三人が、平造に気付いて黙って頭を下げる。

宗次は、平造親分の女房と赤子も絵にしてやっていることから、平造とは飯田同心以上に懇意《こんい》であった。

平造が宗次の方へ顔を向け、二人の視線が出会って、「やあ」と、平造が柔和《にゅうわ》な笑みを見せた。

だが宗次に近寄ってきた平造は、空《あ》いていた隣の席に腰を下ろすや笑みを消し、硬い表情になった。目つきが、厳しかった。

「先生、すまねえが、ちょいと外へ……」

「わかりやした」

宗次はこちらを見ている角之一に、小さく頷《うなず》いて見せ、平造親分の後について店《しのぶ》の外に出た。

少しばかり店の出入口から離れたところで平造親分が足を止め、抑《おさ》えた声で言った。

「飯田様が先ほど斬られなすった」

「な、なんだって」

「現場は此処《ここ》から、そう遠くない稲荷神社の境内でな、その現場に俺が偶然通りかかって呼《よ》び笛《こ》を鳴らしたって訳で」

「それで、下手人は？」

「逃げられちまったい。飯田様をそのままにして追う訳にもいかねえし」

「下手人の顔は？」

「見なかった、と言うか、見えなかった。俺は境内の外で呼び笛を吹き鳴らすのに夢中だったんでよ」

「で、飯田様は、どうなんで？」

「稲荷神社そばの御旗本に駆け込み、戸板と人手をお借りして急ぎ湯島三丁目の柴野南州《しばのなんしゅう》先生の所へ運び込んだが……」

「亡くなった？」

「虫の息の状態で……なにしろ背中を襷掛《たすきが》けの状態で裂《さ》かれているもんでな」

「飯田様の組屋敷にゃあ五歳の女の子が一人で……」

「そっちは大丈夫だ。下っ引きを走らせて、俺の女房《かかあ》を行かせる手配りをしたから」

「乳飲《ちの》み子《ご》を背負ってかい？」

「うちの女房《かかあ》は、乳飲み子《ち》の二人や三人背負っても走れらあ、心配いらねえ」

「ともかく南州先生ん家へ急ぎやしょう」

「俺はこれから北町奉行所まで行かなくちゃあならねえ。すまねえが宗次先生よ、飯田様の容態《ようだい》が急変したら、北町まで知らせに走ってくんねえ」

「承知した」

「じゃあ頼んだぜい」

平造親分は走り出した。

月明りの下を次第に遠ざかってゆく平造親分の後ろ姿を見送っていた宗次の双《ふた》つの目が、凄《すご》みを見せた。

「おんのれえ、けだものが……」

日頃感情を余り激しく表に出す事の無い宗次が、歯を噛み鳴らした。

飯田次五郎が戸板にのせて運び込まれた湯島三丁目の柴野南州は、長崎でオランダ医学を学んだ外科に優《すぐ》れた町医者だった。

「白口髭《しろくちひげ》の蘭方医《らんぽうい》」で本郷《ほんごう》、神田界隈《かいわい》では殊《こと》に評判がよいことで知られており、薬礼も安く、貧しい患者に対しては「あるとき払いでいいから心配しなさんな」が口癖《くちぐせ》だった。

七

湯島三丁目にある柴野南州の小さな町屋敷は、まだ表門の閂《かんぬき》をしていなかった。

いつ何時《なんどき》でも患者を受け入れる、これが町医者南州の精神だった。

宗次は門を入り玄関の格子戸《こうしど》を開け、「浮世絵師宗次入ります」と奥に向かって声を掛けてから、雪駄《せった》を脱いだ。

廊下に点点と、大きな血溜《ちだま》りが続いている。

それに導かれるようにして、宗次は一番奥の部屋まで行った。

そこが外科手術専用の部屋であることを、幾度となく南州の世話になってきた宗次は承知している。

宗次は木戸にそっと手をかけた。他の座敷と違って、この部屋だけは木戸だった。

よく滑る木戸は、静かに開いた。

床は畳ではなく板張り。その上に設けられた腰高の手術台に飯田次五郎は裸の上半身を、川さらし、日干し、手揉《も》みを繰り返して柔らかくした、さらし木綿《もめん》でぐるぐる巻きにされ、仰向《あおむ》けになっていた。

手術台の向こう側にいた南州の助手タケが、宗次と視線を合わせ、かすかに首を横に振る。

宗次はこちらに背中を向けたまま、身じろぎひとつしない南州の横に立った。

「全力を尽くしたが……難しい」

土気色《つちけいろ》になった次五郎の顔を見つめたまま、南州がポツリと言った。

「南州先生ほどの御人《おひと》でも……救えませぬのか」

「儂《わし》は神ではない……だが今宵《こよい》だけは……神になりたかった」

「かなりの出血であったようですね」

「うむ……かなりのな」

「剣術を相当にやる旗本が辻斬りで殺られた事件、先生のお耳に入っていましょうか」

「入っておる。剣術云云《うんぬん》までは知らぬが、腹を割かれ、五臓六腑《ごぞうろっぷ》がことごとく持ち去られたとか」

「はい」

「畜生《ちくしょう》じゃな。許せぬ」

「まことに」

「タケや、少し休ませておくれ。さすがに疲れたわい」

南州の疲れ切った声に、「はい先生、私が注意深く見ていますから」とタケは答えた。

宗次は南州に促されて、隣の座敷へ移り、卓袱台《ちゃぶだい》を挟んで表情に疲労が目立っている南州と向き合った。

卓袱台は、卓の一方を木枠の長火鉢に接し、その上に薬罐《やかん》がのせられて白い湯気を立てている。

「茶は濃いのがよいか、薄いのがよいか」

「それでは濃いのを……」

「よしよし。葉茶だけは贅沢《ぜいたく》をしておるでな」

南州が馴《な》れた手つきで急須に葉茶を入れるのを、宗次は正しく綺麗に正座をした姿で見守った。

「ところで、お前さん……」

そこで言葉を切って、湯飲みを長火鉢にわたした猫板の上へ静かに置いた南州は、表情を改めて宗次を見た。

「また刀を手にする積もりじゃないだろうね。飯田同心が斬られたからって」

「………」

宗次は答えず、湯飲みを手に取って、茶をすすった。

「昨年、お前さんのひどい怪我《けが》を治療したことで、お前さんが刀持ちだと知ってしまった儂じゃが」

「………」

「ま、お前さんが、もと侍であろうとなかろうと……」

「南州先生、私を浮世絵師宗次と、これまで通り見て下さいませぬか」

「うん……そうか……ならば、辻斬りには手を出しなさんな」

「しかし先生」

「この葉茶はな、料亭『しらぎく』と江戸で一、二を競《きそ》う、お前さんもよく知る料理茶屋『夢座敷《ゆめざしき》』の女将《おかみ》から、ときどき分けて貰《もら》っておるのじゃ」

「………」

「お前さんを慕《した》う者は多い。老いも若きも、男も女も大勢が浮世絵師のお前さんを好いておる。再び大怪我なんぞをして、その人たちを悲しませてはならぬわ」

「ご心配をおかけ致しているようで、申し訳ありませぬ」

「儂とこうして話を交わしておるときのお前さんは、自然と侍言葉《さむらいことば》を使《つこ》うておるな。町人になりなされ、浮世絵師に徹しなされ。その時のお前さんが、最も男らしく見えるぞな」

「恐れ入ります る」

宗次は、手にしていた湯飲みを猫板に戻して小さく頭を下げた。

「気の毒に。斬り殺され五臓六腑を抉《えぐ》り取られた剣術使いの旗本にも、大切な家族、大事な仕事、語り合える仲間たち、そして信じ合えた上司などがいたであろうに」

「殺されたのは幕府三番に勤《つと》めを有していた旗本番士ではないか、と私は想像致しております る」

「幕府三番と言うと、大番《おおばん》、書院番《しょいんばん》……」

「それに小姓組番《こしょうぐみばん》です」

「いずれも武官としての勤めであるな」

「はい。その幕府三番で旗本番士の占める割合は昨今、五割を超え六割に逼《せ》まる、と絵で出入りの旗本家から聞いたことがありまする」

「書院番は確か、将軍出行の際に前後の警備に当たるのじゃったな」

「ええ。さらに江戸城中雀門《ちゆうじやくもん》、上埋門《かみうずみもん》の警備及び一年交替で駿府《すんぷ》城在番が加わります」

「小姓組番は儂《わし》はよく知らぬな。将軍にへばり付くのが勤めであろうと勝手に思うておるのじゃが」

「へばり付く、で誤《あやま》りではありませぬが、あくまで身辺警護の意味に於《お》いてです。したがって余程に文武に秀《ひい》でた者でなければ勤まらぬかと」

「なるほど……」

「大番は……」

「武官筆頭とか言われておる大番については、儂も旗本番士邸へ病気治療で出入りしたこともあるのでな、多少は知っておるよ」

「左様でしたか」

「江戸城の西丸《にしのまる》及び二丸《にのまる》の警備に当たるのじゃろ」

「それに一年交替で京《きよう》・大坂《おおさか》に在番致しまして、二条城、大坂城の警備を担《にな》いまする」

「そうそう。そうじゃった。そして幕府三番の中では最も強大な権力を持っているとか……」

「つまり幕府三番の勤めは、学問だけでなく武術も皆伝に達する程に研鑽《けんさん》致しませぬと、とてもの事には勤まりませぬ。それに出世争いもかなり激しく難《むつか》しいようで」

「ほう。出世争いがのう。知っている範囲のことを教えておくれでないか。医者としての勉強にもなる」

「私も余り詳細には知りませぬ。絵で出入りの旗本家から、筆休めで茶を戴《いただ》く短い間に、軽く聞かされる程度でありまするから」

「うむ、それで？……」

南州は宗次の顔から視線を外さず、猫板の上の彼の湯飲みに茶を注《つ》ぎ足した。

「幕府三番の出世階段は当たり前では、番士から組頭《くみがしら》へ、組頭から最高位の番頭《ばんがしら》へ、となるのでありまするが、番頭は数千石の大身《たいしん》の地位であることから誰もが狙えるとは申せませぬ」

「なんと数千石の地位のう。それじゃあななあ」

「では組頭が狙い目かと言いますと、これもそう簡単ではありませぬようで」

「中堅の組頭への出世も難しいと？」

「ええ。たとえば大番組頭の地位は七百石前後が多いようなのですが、小姓組番組頭は下は五百石から上は四千五百石、書院番組頭となりますと下は六百石から上は六千石と幅がありまする」

「なるほどなあ。組頭同士にも上下がある訳だ。こいつは難しい」

「最強権力を有するとかの大番には十二組があり、書院番には十組、小姓組番にも十組あると聞いております」

「それらの定められた数の組頭の中に、下は何百石、上は何千石と驚くほどの開きがあるとは、置かれている組頭たちも辛《つら》いのう。とくに下位者はのう」

「組織的な統率。つまり指揮命令が階段を滑り下りるようにして下位者までしっかりと伝わっていく。そう図られての開きでございましょう」

「うむ」

宗次は、殺された旗本五百石高枝四郎信綱に代わって、急遽《きゅうきょ》出世が決まった直参《じきさん》が料亭『しらぎく』で明るい内から宴《うたげ》を張っていたことについては、柴野南州には明かさなかった。

隣の手術室でタケの呼ぶ声があって、宗次と南州は待ち構えていたように立ち上がった。

「先生……南州先生」

仕切りの木戸を開けながら、「どうした。意識が戻ったか」と南州。

タケが「はい」と頷《うなず》いた。

宗次と南州は、飯田次五郎の枕元に立った。

「これ、気をしっかり持て。儂《わし》は柴野南州じゃ。傷は浅い。心配ない」

その声が聞こえたのかどうか、仰向《あおむ》けの飯田次五郎はあけた薄目を、弱弱しく南州に向けた。

南州が顔を近付ける。

「南……州……先……生」

「ん？　なんじゃ、聞こえておるぞ。何が言いたい」

「ば……け……も……の」

「化け物？　おい、化け物と言ったのか」

「くち……みみ……まで……さけた……」

「口が耳まで裂けた化け物、だと」

南州は大声で返してから、思わず宗次と顔を見合わせた。

「その化け物に斬られたのか」

「つ……よ……い……つ……よ……い」

「判った。もう判ったぞ。喋《しゃべ》るのは、それくらいにしなさい」

「か……た……き……を」

「お前さんを死なせはせん。下手人は必ず仲間が捕まえてくれるぞ」

「か……た……き……を」

「馬鹿あ……泣かせるなあ」

ついに南州の目から、いや、助手タケの目からも大粒の涙がこぼれた。

飯田次五郎がスウッと目を閉じ、コトリと首を横に折った。

「飯田の旦那」

宗次が飯田次五郎の耳元で叫ぼうとするのを、南州が涙で顔をくしゃくしゃにしながら制止した。

「儂は藪《やぶ》ではないぞ。そう容易《たやす》くは死なせん。もう暫《しばら》く眠りさまよって、次に目を覚ました時が勝負じゃ。怖いのは、その時じゃ」

「南州先生……」

宗次は飯田次五郎が弱弱しく呼吸を続けていることに気付いて、ふうっと大きく息を吐きながら背筋を伸ばした。

タケが南州に手拭《てぬぐ》いを手渡し、南州はそれで涙を拭い洟《はな》をかんだ。

鼻が鋭い音を立てて鳴り、飯田次五郎の瞼《まぶた》がピクリと反応。

「しっかりしなせえよ飯田の旦那。組屋敷じゃ幼い一人娘が待っているんだ」

宗次は手術台の上の次五郎にそう語りかけると、「それじゃあ先生」と南州に頭を下げ、手術室から出て行こうとした。

「絵筆を刀に持ちかえるような事があってはならぬぞ。宜《よろ》しいな」

「………」

「約束できぬのか。できぬ、と言うのであれば今後、この治療所への立ち入りは許さぬ」

宗次は黙ってもう一度頭を下げると、手術室を出た。

「困った絵師じゃ。今や大名家へも出入りする大事な体であると言うのに」

「追いかけて、此処《ここ》へ戻って来て貰いましょう先生」

タケが今にも手術室から飛び出そうとするのを、「無駄じゃ」と南州は首を横に振って引き止めた。

八

翌朝早く、「宗次先生、入るよ」と家の外で男の声があって、立て付けの悪い腰高障子をガタピシうるさく鳴らして、筋向かいの屋根葺《ふ》き職人久平《きゆうへい》が、朝飯《あさめし》をのせた盆を手に入ってきた。腰高障子とは、腰障子の腰板を、障子の高さの半分ほどに高く造ったものだ。

「おや、何でえ宗次先生、床も敷かずに柱にもたれて、ぼんやりなすって……ひと晩《ばん》、眠らなかったんですかい」

「うん、まあな。新しい絵のことで、あれこれ考えていたもんで」

「そうですかい。人気絵師ともなると大変ですねい」

「チヨさんは？」

「女房《かかあ》は今朝くしゃみばかりしてやがるんで、もし風邪《かぜ》だったら先生にうつしちゃあ絵筆の進めにかかわるってんで、この久平が運んできやした」

「いつも済まんなあ、本当に申し訳ない」

「何を水臭いことを。今朝は小鰺《こあじ》の干物に、蜆《しじみ》の味噌汁《みそしる》と大根の漬物だけでい。これで辛棒してくんな」

「辛棒どころか、恵《めぐ》まれ過ぎた御馳走《ごちそう》でござんすよ」

「女房《かかあ》が、小便臭《くさ》い褌《ふんどし》や、女化粧《おんなけしょう》臭い肌襦袢《じゅばん》があったら、洗うから表へ放り出しといてくれって言ってやしたぜ」

「うん、わかった。それについても全くいつも済まん」

「へへっ、女房《かかあ》は先生の臭いが染《し》み付いたもんを洗うのが、生き甲斐《がい》なんでさあ。じゃあ、私《あつし》はこれから仕事に出かけますんで」

「遠くへかい」

とになりやす」

「品川南本宿《しながわみなみほんしゆく》の海蔵寺《かいぞうじ》さんの屋根葺きでさあ。十日ばかり向こうで泊まるこ

「そうか。気を付けてな」

「へい」

久平が出て行って腰高障子を音立てて乱暴に閉めると、宗次はきちんと座り直して「世話ばっかりかけちまって。ありがとよ親爺《おやじ》さん」と、畳に両手をつき頭を下げた。

久平の女房チヨには、たびたび朝飯夕飯、掃除洗濯などの世話になっている宗次であった。

だから「子供に何《なん》ぞ買ってやってくんねえ」と、感謝の気持を込めてチヨに小粒を差し出すこともあるのだが、それも額が過ぎると、頑《がん》として受け取らぬ気風《きっぷ》のチヨだった。

「チヨさんの飯《めし》は、いつも旨《うま》いなあ」

お袋《ふくろ》の味とはこのような味を言うのであろう、と宗次が満足して朝飯の箸《はし》を置いたとき、「ごめんなさいやし」とまたしても腰高障子の向こうで幾分抑

え気味の男の声がした。

　宗次は茶をふた口ばかり飲んでから、

「遠慮はいらねえ。どうぞ、お入んなさい」

　と応じた。

　滑りの悪い腰高障子に、それなりに気を使って入ってきたのは、左の頰に切《せっ》創《そう》のあとをくっきりと残している目つき鋭い三十半ばであった。

「閉めさせて戴きやす」

　男は先《ま》ずそう断わって、腰高障子を音立てぬよう持ち上げ気味に閉めた。

「どちらさんで」

　と、宗次は男の背に訊《たず》ねた。

「へい」と振り向いた男は、宗次に丁重《ていちょう》に一礼してから、

「一応は仕来《しき》たりを通させて戴きやす。ほんの暫《しばら》くご辛棒下さいやし」

「わかった」

　博徒《ばくと》か香具師だな、と直ぐに判《わか》ったから宗次は頷《うなず》いた。

　男は、体を緩《ゆる》く斜めに構えるとそのまま静かに右手を下げ、指先が土間の地

に付くか付かぬところで止めた。頭は下げ気味であったが、視線は上目使いでしっかりと宗次の目を捉《とら》えている。左手は親指を残り四本の指で包み込むように隠し、左大腿部《だいたいぶ》に軽く触れていた。

（おお、見事。綺麗だ）

と、宗次は思った。はじめて目の前で見る博徒の面通《アイツキ》の身構えだった。男が口を切った。厚みのある堂堂たる〝鳴り声〟だった。

「間違えましたら御免なさい。あんさんは今やこの大江戸で一、二と言われておりやす浮世絵師宗次先生じゃござんせんか」

「御意《ぎょい》にござんす」

宗次は正座のまま答えた。

「お控《ひか》えなさいやして」

「承知」

「早速《さっそく》にお控え下さいやして有難うござんす。申し上げやす言葉に至らぬ点ありやしたら御免なさい。手前《てまえ》、生国《しょうごく》と発しやすればこの江戸でござんす。江戸と申しやしても山海《さんかい》のごとく広うござんす。江戸は芝口南源助町《しばぐちみなみげんすけちょう》、ご存じ愛宕《あたご》神社ゆかりの土地にござんす。稼業上ありがたき縁合《えんあい》を持ちやして、手前親分と発しまするは、愛宕下の増田屋《ますだや》吉次郎にござんす。なにとぞ手前何の何兵衛を発しやすことを御許し下さいやし。親分吉次郎が名付けの親、疾風《はやて》の陣《じん》兵衛《べえ》と発しやす。まだまだ至らぬ不束者《ふつつかもの》でござんすが、こたび吉次郎親分より一家代貸《だいがし》を拝命致しやしてござんす。面体《めんてい》お見知りおきの上、向後万端《きょうこうばんたん》よろしく、おたの申しやす」

「恐れ入ったる御挨拶《ごあいさつ》。さ、お上がり下され」

「私《あっし》のような半端者《はんぱもの》が畳を汚《けが》してもよござんすか」

「なあに、この通りの荒屋《あばらや》、遠慮はご無用」

「さいですか。それじゃあ」

増田屋吉次郎一家の代貸、疾風《はやて》の陣兵衛が宗次と向き合って座ったとき、立て付けの悪い腰高障子がほとんど音も無くするすると開いた。

それだけで宗次には誰が訪れたか判った。

気配を感じて、疾風《はやて》の陣兵衛がゆっくりとした動作で振り返った。

土間に入ってきたのは、江戸の男どもが一度でもいいからその雪のように白い手に触れてみたいと夢見る、格式高い料理茶屋『夢座敷』の女将、幸《こう》であった。

江戸小町と言われている絶世の美人。

この幸の手にかかると、力かげん引きかげんにコツでもあるのか、立て付けの悪い腰高障子が決まって訳もなく開くのだった。

このとき、男の気風《きっぷ》を見事な啖呵《たんか》で発したばかりの疾風の陣兵衛の口から、「あ……」と力無い溜息《ためいき》のような声がもれた。

しかし、腰高障子をあけて入るや、宗次に来客ありと知った幸の動きは、流れるように自然で美しいものだった。疾風の陣兵衛の「あ……」など、聞こえていたのか、いなかったのか、まるで関心がない。

台所の竈《かまど》の灰の中に火種があるのを確かめると、消し炭を寄せてたちまち大きな炎《ひ》をつくり、厚みが薄く沸《わ》き易《やす》い鉄瓶《てつびん》をのせた。その要領のよさは、さすが「夢座敷」の女将、幸だった。

その動きの一部始終を、一言も発せず呆気《あっけ》にとられたようにぼんやりと眺《なが》めている疾風の陣兵衛に、「どうしなすったい陣兵衛さん?」と宗次は遠慮がちに小声をかけた。

「あ、いえ、これはどうも、とんだ失礼を致しやした」と、陣兵衛は慌《あわ》て気味に姿勢を正した。

「吉次郎元締《もとじめ》から、何か言伝《ことづて》をお持ち下さいやしたか？」

「はい。文《ふみ》を預かってきておりやす」

「それは面倒をおかけ致しましたな」

「これでござんす」

陣兵衛が懐《ふところ》から取り出したそれを受け取って、宗次は開いた。

「ほう。これは大変な達筆。恐れいりやした」

と、宗次は感心した。

字が綺麗なだけでなく、文章もなかなかのもので、それだけで増田屋吉次郎の人物人柄が知れると言うものだった。

けれども、その文《ふみ》を読み進める宗次の目つきは、次第に険しくなり出した。

「陣兵衛さんは……」

読み了《お》えて文《ふみ》を閉じながら、宗次は言った。

「この文《ふみ》の内容をご存じですかい」

「存じておりやす。吉次郎元締《もとじめ》が、私《あっし》の意見も聞き聞きお書きになった文《ふみ》でござんすから」

「この中には二人の人物の名が書かれておりやすが、所在《すまい》についちゃあ省《はぶ》かれておりやす。これには何か意味がおありなさるんで？」

「へい。此処《ここ》へ参ります途中で、私《あっし》の身に万一の事がないとは限りやせん。もし、そうなりやした時、何処其処《どこそこ》の誰彼とはっきり書いてある文《ふみ》が私《あっし》の懐から他人《ひと》手《で》に渡ったりしやすと、面倒な事になり兼《か》ねねえと元締が判断致しやして」

「なるほど。では、陣兵衛さんの口から、二人の所在を教えて下せえ」

「それにつきやしては、宗次先生の御都合よい日時に、私《あっし》が付き添い案内するようにと元締から申しつかっておりやす」

「それはいけねえよ陣兵衛さん」

「え？」

「この文《ふみ》が酷い事件に絡《から》むかも知れねえものである事は、知っていなさるねい」

「知っておりやす」

「じゃあ、陣兵衛さんは、この宗次に文《ふみ》を届けたことで、お役目は済んだと思ってくんない」

「宗次先生は、私《あつし》の身を心配して下さっておりやすね。私《あつし》も江戸じゃ三本の指に入る香具師の大元締、増田屋吉次郎一家の代貸でござんす。どうか一人前に扱っておくんない宗次先生」

「う、うむ……」

「お願いでござんす。先生に付き添い案内を断わられたとあっちゃあ、私《あつし》の男が立ちやせん。子分たちからも笑われやす」

「宜《よろ》しい。じゃあ案内だけして貰いましょうか。但《ただ》し、その後のことにかかわって貰っちゃあ困る」

「判りやした。で、いつが宜しゅうござんすか」

「間もなく茶が入る、それからに致しましょうかい」

「承知致しやした。それから、あのう……」

陣兵衛は後ろをチラリと振り返り見て、恐れ入ったように肩をすぼめ声を落とした。

「あの綺麗な御方様は確か……」

「江戸で一、二とか言われている料理茶屋『夢座敷』の女将だ」と、宗次も相手に合わせ声を落とした。

「やはり……あの天下一の小町美女とか言われておりやす……『夢座敷』の」

「そう。その天下一の……」

「それが何故、宗次先生の汚ない荒屋へ?」

「汚ない荒屋は余計ですぜい」

「あ、こ、これは失礼致しやした。宗次先生のお知り合いだったんで?」

「ともだち、でさあな」

「ともだち……ですか。へぇえ、そりゃあ凄い。凄うござんすよ」

と増田屋吉次郎一家の代貸陣兵衛は、妙な感心の仕方をした。

そこへ幸が、小盆に茶をのせてやってきた。

「粗茶でございますけれど」

透《す》き通るような白い手で茶を出されて、見事な面通啖呵《アイツキたんか》を切った陣兵衛が、なんと顔を真っ赤にした。

「そ、その節は色色と、お、御世話になりまして……」

陣兵衛の言葉に、幸は「え?」という綺麗な表情をつくって相手を見、そして宗次へ視線を移した。

「なんだ。すでに知った間かね」

「あのう……」と、やや困惑の幸。

「愛宕下の増田屋吉次郎一家の代貸、疾風の陣兵衛さんでいらっしゃらあな」

「ああ……先日、下谷池之端の料亭『しらぎく』で、代貸就任の御披露をなされました、あの御一家の……」と、幸の美しい顔にようやく控え目な笑みが浮かんだ。

「へ、へい、陣兵衛でございやす。よ、宜しゅうおたの申しやす」と、陣兵衛の顔はまだ赤い。

「こちらこそ料亭『しらぎく』を今後とも宜しく御願い申し上げます」と言うあたり、さすが『夢座敷』の女将、幸であった。『夢座敷』を宜しくとは言わない。

　宗次が訊ねた。

「料亭『しらぎく』の陣兵衛さんの御披露に、『夢座敷』から応援にでも出向いたのかい？」

「はい。各所から大勢の親分さん方がお集まりになる大層な宴《うたげ》になりまするから、是非に裏方を手伝って戴きたいと女将のキクさんから腰低く頼まれまして、その日は『夢座敷』を閉じ、板前から座敷女中まで皆でお手伝いに参りました」

「も、申し訳ござんせん。私《あつし》のために大事な商いをや、休ませてしまい……」

「御宴席へこの私《わたくし》が顔を出させて戴きましたのは、座敷女中たちを差配するための宴はじめの一度だけでございまする。そのために代貸陣兵衛様のお顔を見覚える余裕がございませず、大変に無作法を致しました。この通りおわび申し上げまする」

　幸が畳に両手をついて頭を下げ、白い項《うなじ》から微《かす》かに肩すじまでを覗《のぞ》かせたものだから、陣兵衛の呼吸《いき》が止まって、真っ赤な顔が一層赤くなった。左の頬に喧嘩《けんか》切創の痕《あと》があるドスの利《き》いた顔つきだけに、そのうろたえぶりが宗次の目には極めて新鮮に映った。

　この男一人者《もん》だな。それになかなかいい奴《やつ》、とも思った。親密感を覚えもした。

　幸が、朝飯《あさめし》で宗次が用いた碗《わん》、皿、箸などを洗って、筋向かいのチヨに戻しに出て行った。幸は今では、この八軒長屋の皆に、すっかり受け入れられている。

「ま、茶を飲みなせえまし。お幸が淹《い》れてくれた茶は、飛び切りでござんすから」

「お幸さん、本当に綺麗でござんすね」

「うん、幸《しあわせ》という名が、あの清楚な美しさに合っていますな」

「いい名でござんすね。まったく合っておりやすよ」

「そうですねえ」

　と、話を交わしながら茶を啜《すす》る二人だった。お互い、心が溶《と》け合い始めていた。

「さてと……行きますかい」

茶を飲み干して、宗次は腰を上げた。

「それじゃあ、ご案内申しやす」

「面倒をお掛け致しますねい」

「なんの、大江戸一の浮世絵師宗次先生と肩を並べて歩けるなんざあ、果報者《かほうもん》でござんすよ」

「そう言って戴けやすと……こちらも嬉しいやな」

二人はそれこそ肩を並べて八軒長屋を後にした。

九

「なるほど、あれかい」

「へい。まもなく朝の部が終わりやす。そうしますと昼の部までの間、一刻《とき》半(約三時間)ばかり役者たちは自由になりやす」

「昼飯は一座の中で、役者たち揃《そろ》ってとるのかい」

「外に出て食べる者、出前をとる者、自由となっておりやす。狙いの二人が外に出てくるかどうか判《わか》りやせんが、ともかく此処《ここ》で様子を窺《うかが》っていやしょう」

「すまない」

「え？」

「本当にすまない。増田屋吉次郎一家の縄張内《なわばりうち》で、しかも一家の差配を受けて張っている人気の一座を、よりによって代貸の陣兵衛さんの助けを借りて見張るとは……」

「止《よ》して下せえ。宗次先生が仰《おつしや》ったように、私《あつし》は先生の動きの邪魔にならねえよう、深入りは避けやす。座口《ざぐち》から狙いの二人が姿を現わしやしたら、私は退《さ》がらせて戴きやすんで」

「うん、そうしておくれ。それにしても立派な一座だ。役者は幾人くらいいるんだい」

「座頭《ざがしら》を別にして、男役者十九人、女役者十六人、子役が八人、合わせて四十三人です」

「大所帯だなあ」

んしてね」

「旅回りの一座とは申しやしても、京、大坂では江戸以上に大変な人気でござ

「起こりは？」

「座頭《ざがしら》は出雲《いずも》の人間で」

「出雲かあ、遠いのう」

「まことに、へい」

鎌倉河岸《かまくらがし》の八軒長屋から結構な距離を歩いて、増田屋吉次郎一家の縄張内にある花振神社《はなふりじんじゃ》の境内《けいだい》に着いた宗次と陣兵衛だった。

この神社の社殿は明暦《めいれき》の大火《たいか》で全焼したまま、未《いま》だ再建されていなかった。だだっ広い境内と炎《ひ》を逃れた数本の松だけが残っていて、増田屋吉次郎一家が御上《おかみ》の許しを得て香具師《やし》商《あきな》いを仕切る場の一つとしている。

「一座は此処でいつまで興行を？」

「月の末《すえ》までという事になっておりやす。座が立っている間は敷地を取られていやすんで、御覧のように出店の数が少し淋《さび》しゅうござんす。月が替わりやすと本来の香具師だけの商いを賑《にぎ》やかに出張《でば》らせることになりやす」

「代貸の陣兵衛さんは忙しくなるのう」

「ええ、そりゃあもう……」

「そのうち吉次郎元締に引き合わせてくんねえ」

「いつでも訪ねて下さいやし。元締も喜びましょうよ。あっ、先生」

不意に陣兵衛が宗次の袖口《そでぐち》を引くようにして、甘酒の屋台の陰に退がった。

宗次は、屋台の背後で枝を広げている大松の陰へ移動した。

『紫《むらさき》　伊之助《いのすけ》一座』の幟《のぼり》に挟まれた座口――楽屋に通じる裏口――から、男役者、女役者たちが賑やかに姿を見せ出した。

誰もが舞台化粧を落としていない。尤《もっと》も、舞台衣裳《いしょう》のまま出てくる者は、さすがにいなかった。

「出てきやした先生」

「あの編笠《あみがさ》をかぶった着流しの二人かえ」

「へい。二人とも宗次先生ほどの背丈がありやすが、僅《わず》かに高い方が千夜万之《せんやまんの》介《すけ》、低い方が一夜時次郎《いちやときじろう》でございやす」

「二人とも紫伊之助一座にとっては、知られた看板役者じゃねえか。それも一夜時次郎の方は女形《おやま》ときている。ほれ見ねえ、幟のほとんどが千夜万之介と一夜時次郎の染め抜きだ」

「全くその通りで……」

「二人も座頭《ざがしら》と同じ出雲の出かえ」

「千夜万之介は江戸、一夜時次郎は京《みやこ》、とうちの元締から聞いておりやすが確かなことは……」

「ほう……江戸と京か」

「あ、いけねえ。あの二人、小川《おがわ》橋を渡って右と左だ」

「じゃあ陣兵衛さん、すまねえが矢張りちょっと力を貸してくんねえ」

「喜んで……」

「私《あつし》は一夜時次郎の後をつけるんで、陣兵衛さんは千夜万之介の方を引き受けて下さらねえかい」

「承知の助でござんす。おそらく二人とも馴染《なじ》みの水茶屋女の所へ転がり込むと思うんでござんすが、見届けやしたら八軒長屋へ知らせに伺《うかが》いやす」

「ありがてえ。ひとつ頼みます」

「任せて下せえ」

宗次と陣兵衛は小川橋を渡ると、右と左に分かれた。

宗次は、くねりくねりとした一夜時次郎の女形らしい歩き方から、目をそらさなかった。

歩き方に妖しさがあった。それなりの品もあった。厳しい修業が察せられる一夜時次郎のくねりくねりとした歩き様《よう》だった。

宗次は紫伊之助一座の舞台を、まだ観《み》た事がない。浮世絵師として一度は観ておく必要がある、とは思ってはいたが余りの忙しさに足を運べないでいた。それに座が立っている花振神社までは、鎌倉河岸の八軒長屋からは「よし、思い切って行ってみるか」と言う程に、結構な距離、歩かねばならない。

一夜時次郎は小川に沿った町家《まちや》通りを暫《しばら》く歩いてから、いきなり右に折れるかたちで真言宗《しんごんしゆう》芳徳寺《ほうとくじ》の山門を潜《くぐ》り、少し足を早めて広い境内を反対側へと抜けた。

そこは小さな武家屋敷が建ち並ぶ通りだった。おそらく禄高《ろくだか》百石から二百石取りくらいか。敷地二百坪あるかどうかの小屋敷が広くない通りを挟んでいる。

真っ直ぐで人通りの少ないその通りは、人を尾行するのは難しかったが、それを助けたのはところどころ土塀脇や板塀脇に鬱蒼《うっそう》と枝葉を広げている椎《しい》の木だった。

宗次は椎の木から木へと、さり気なく姿を隠しつつ一夜時次郎の後をつけた。

「貧乏旗本の後家さんの相手でもするってえのかな」

宗次は呟《つぶや》いた。こいつあ残酷な辻斬りの下手人じゃねえな、と思い始めてもいた。無形《むぎょう》神刀流の皆伝者、高枝四郎信綱をなぶり殺しにして腹の腑《ふ》を抉《えぐ》り取ったほどの下手人である。生半《なまなか》な剣術の腕前ではない、と見るべきだった。

しかし、いま前方をくねりくねりと行く一夜時次郎の足元は、とても剣術の心得がある者とは思えなかった。宗次には実に自然に、つまり無理に演じてはいない女形の足元にしか見えなかった。

一夜時次郎が歩みを止めたので宗次は木陰《こかげ》に、すうッと身を引いた。

が、片目だけは木陰から出すことを忘れない。

一夜時次郎は然《さ》り気《げ》ない様子で辺りを見回してから、目の前の武家屋敷へと入っていった。

その屋敷は周囲に比べてかなり造り構えがよかった。敷地は板塀ではなく、至るところ剝《は》げ落ちて傷《いた》みがひどかったが白塗りの土塀で囲まれていた。

表門は石の階段を三段あがって通りから後退して位置しているので、一夜時次郎が勝手を心得て邸内へ消えたのか、それとも用心深く控え目に扉を叩いてから迎え入れて貰《もら》ったのか、木陰の宗次には確かめられなかった。

宗次は足音を忍ばせ十四、五間《けん》ばかりを進んで、役者が消えた屋敷の前に立ち思わず「おっ」となった。

表は竹矢来《たけやらい》でがっちりと封鎖されていた。ただ小さな潜り門だけは、僅《わず》かな隙間《すきま》を見せている。

どうやら役者は、案内を乞《こ》うことなく自分で邸内へ入ったようだった。

（こいつあ三百石取りくらいの屋敷だな。一体《いってえ》どんな不始末をやらかして、竹矢来を食らってんだい）

宗次は石段を上がって竹矢来に近付き、右手で触れそっと揺さぶってみた。右の上隅の二か所の止め打ちがすでに外れかけており、小さく軋《きし》んでがたついた。

(竹矢来を食らったのは、かなり前……と言う訳かあ)

そう思いつつ、宗次は「ともかくひと回りを……」と、傷みのひどい土塀に沿って歩き出した。

屋敷内は静まり返って、咳《しわぶき》ひとつ聞こえてこない。と言うよりも生活の匂《にお》いそのものが、全く漏れ伝わってこない。

どうやら一夜時次郎は、家名断絶となった空き屋敷へ入っていった可能性があった。

四、五百坪はありそうな敷地を囲む土塀に沿って、路地通りを歩いた宗次は、表通りに差しかかる所で思わず土塀に体を張り付けた。

足音が、近付いてくると感じたからだ。

その足音の主《ぬし》が、宗次に気付かず表通りを——つまり路地口を右から左へと——通りすぎた。編笠をかぶったあの役者、千夜万之介であった。間違いなかった。

宗次が路地角から片目を出して様子を窺《うかが》うと、千夜万之介はやはり竹矢来の屋敷へ入っていった。

（はあて……）

と、宗次は下顎《したあご》を撫《な》で撫で考えた。京《みやこ》の出だという一夜時次郎が、なかなかの女形として名を売っていることを宗次もかなり前から耳にはしてきた。

だが自分の真近をいま通り過ぎた千夜万之介にも、宗次は一夜時次郎に優るとも劣らぬ女形の香りを感じた。

裏で妖《あや》し絵《え》を描き、幾人もの美しい豊かな女体を見てきた浮世絵師の直感だった。

が、千夜万之介は男役者の筈《はず》である。

宗次は路地口で、男役者千夜をつけてきた筈の陣兵衛が現われるのを待った。

が、待てど暮らせど、姿を見せない。

（仕様がねえなあ。途中でまかれちまったのかい、陣兵衛さんよ）

舌打ちをした宗次は、路地通りから出て、竹矢来門へと近付いていった。

「一体《いってえ》ふたりは屋敷内で何をしていやがるんだ」

人間の腹の腑《ふ》でも昼めし代わりに食らってんだろうか、と宗次は潜り門を軽く押してみた。

幸い、音もなく潜り門は動いてくれた。

だだっ広い庭は雑草が生《お》い茂り、ひどい荒れ様だった。剪定《せんてい》もせず放置されたままの庭木の幾本かなどは半ば枯れかけている。井戸口の囲いは朽《く》ち果て、宙《ちゅう》吊《づ》りの釣瓶《つるべ》がゆらゆらと薄気味悪く揺れていた。

（まるで怪談屋敷だぜい……）

と思いつつ、宗次は直ぐそこの玄関式台へと近付いた。

履物《はきもの》は、どこにも見当たらない。そのまま上がったのであろう、ほこりまみれの式台にくっきりと雪駄二足分の跡が残っている。

宗次はちょっと考え込んでから、足音を立てぬよう気を配りつつ、庭の方へと回った。

三百石程の武家屋敷ともなると、かなりの広さになる。敷地内に必ずある長屋（家臣《かしん》の住居《すまい》）は別として、母屋《おもや》だけでも十二、三の広い座敷と幾つかの納戸《なんど》はあろうから、二人の役者がどの部屋にいるのかを推測することは難しい。

が、宗次は少し驚いた。

大きな石灯籠《いしどうろう》や庭木の陰に体を隠すようにして庭を進んでみると、どこも雨戸が開けっ放しだった。たったいま開けた、という感じではなくて、もう何年もの間その状態であったらしいというのが、室内の惨憺《さんたん》たる状態から察せられた。

どの座敷も、明らかに風雨にさらされていた。天井が垂れ下がり、畳が腐り果てている座敷もある。

庭をひと回りした限りでは、直接目に触れるどの座敷にも、人の姿や気配はなかった。

あとは母屋の内側深い所、たとえば内庭があってそれに面した座敷に二人の役者がいるのではないか、ということだった。

宗次はついに、玄関式台に静かに踏み入った。床板がギギギギィッと軋《きし》み鳴る。

宗次は薄暗い中廊下を床板を鳴らしつつ奥へ、ゆっくりと向かった。

廊下の天井も床板も壁も、矢張り傷みがかなりひどい。人の住む気配が絶えた屋敷は傷みが目立つ上、それを加速させると言うが、まことその通りだった。

廊下の中程で、宗次の足が止まった。少し先、破れ壁に沿った左手に座敷に挟まれた小さな中庭を見る位置、そこで宗次の嗅覚が、線香の匂いに触れた。

宗次は暫《しばら》く、動かなかった。五感を凍結させたかの如《ごと》く微塵《みじん》も動かなかった。半ば、目を閉じてもいた。

（いないか……）

と、胸の内で呟《つぶや》いて、宗次の足はようやく歩み出した。人の気配が何処《どこ》からも伝わってこなかった。誰もいない確信があった。

目指すは中庭の手前側の障子を閉め切った座敷。そこから線香の匂いが漏れ出していると捉《とら》えた宗次である。

座敷の前に立った宗次は、躊躇《ちゆうちょ》しなかった。

障子を静かに左右へ開いた。

異様な光景が、宗次の目に飛び込んできた。

此処だけは手入れが行き届いているかのような十畳の座敷の正面に大きな仏壇があって蠟燭《ろうそく》が点《とも》され、その仏壇を前に肩を触れ合い正座して動かぬ二人の後ろ姿があった。体つき、髪のかたちから、一人は男――武士――で、もう一人は女――武士の妻か？――であった。二人とも白装束《しょうぞく》であるから尋常の正座ではないと判る。

仏壇の右手には床《とこ》の間《ま》があって、掛け軸が下がっていた。

書かれているのは軸の中央あたりに、**怨**《えん》、の不気味な大きな一文字だった。

それ以外には落ち穂を突《つつ》いている七羽の小《こ》雀《すずめ》と、数本の彼岸花《ひがんばな》が軸にちりばめるようにして描かれている。

宗次は、微動もせぬ二人の後ろ姿に近付いてゆき、そして無言のまま前に回った。

宗次の表情に悲しみが広がった。彼にとってそれは、この座敷の障子を開けた瞬間に予想できていた悲しみだった。

二人は、実に見事と言う他ない程に、白骨化していた。

一体どれほどの年月が経過していると言うのであろうか。しかし、二人の衣装は不自然なほど汚れなく清潔であり、朽《く》ちずに残っている髪はいま命ある者のように黒黒として豊かであった。しかも、たったいま髪結《かみゆい》の手にかかったかのように、乱れなく綺麗である。

男の骨体は両手とも拳《こぶし》をつくって膝《ひざ》の上に置いていた。

女の方は、十本の手指を開いて腹の方へ引くかたちで、優しく大腿部《だいたいぶ》の上にのっている。それは明らかに、誰か人の手によってかたち作られた姿勢のようだった。

宗次は床の間の前へ移って掛け軸を見た。

「血?……」

という小声が彼の口から漏れた。

宗次は掛け軸との間を詰めた。墨で書かれたかに見える〝怨〟であったが、よく見ると赤黒い色が随所に潜んでいる。

(どうやら……血文字だな)

そう思いつつ宗次は、畳から一段高くなっている二畳大ほどの床の間に上がり、掛け軸に鼻先を近付けてみた。

が、血特有の臭いは、全くしなかった。それは目の前の〝怨〟が書かれてから、かなりの年月を経《へ》ていることの証《あかし》と言えなくもない。

宗次は改めて十畳の座敷の、隅から隅までを見回した。

仏壇はあっても仏間とは言い難《がた》い座敷だった。仏壇とその左側に接して並んでいる仏具入れらしい白木造りの物入れ、さらには大きな箪笥《たんす》などは板床の上にのっているので、正味畳十枚の座敷である。よく出来た床の間の中庭から明りを取り入れている小障子窓などは、ちょっとした平書院《ひらしょいん》風であった。

宗次は「次の間」との間を仕切っている襖《ふすま》障子に近付いていった。

襖に手を触れた瞬間、宗次は白骨二体を見た時とは別のゾクリとするものを感じた。

宗次は襖をあけた。

そこにも異様な光景が待ち構えていた。

薄暗い中に寝床が二つ並んで延べられており、一方の枕元に柄《つか》を白紙《しらがみ》で包み白元結《もとゆい》でむすんだ大・小刀が横たえられていた。

それぞれの寝床の真中あたりに、小さくはない何やら黒いかたまりもある。

しかもだ。枕の上の方には、あの怨の字が書かれた屛風《びょうぶ》が逆さに立てられている。掛け軸の方は一文字であったが、こちらは二文字であって、明らかに筆致に違いがあった。一文字ずつ別人が書いたのか？

そして宗次は、この二文字にも、赤黒い痕跡――血文字の――を認めた。

「逆さ屛風……か」

ポツリと漏らす宗次であった。武家に於ける逆さ屛風は不幸をあらわす習慣であり、枕元の大・小刀は邪悪なものから骸《むくろ》を守る習わしである。

刀の柄を白紙で包んだのは、白柄の代わりであることを意味する。

宗次は、かなりの重さの屛風を、床の間の前へ移して正しく立て、三つの**怨**文字を見比べた。

「二文字は男文字、一文字は女文字……」

浮世絵に書を添えることが少なくない彼には、恐らくそうであろうと見当がついた。

では、誰が書いた三文字であると言うのか。

仏壇の前に端座《たんざ》している夫婦らしい白骨二体の、生前の書であるとでも言うのか。

宗次は腕組をしてかなりの間、三つの怨を眺《なが》めていた。掛け軸の「怨」は小雀に囲まれるようにして中央あたりに書かれているが、屏風の「怨」は花鳥風月画の中央付近より幾分下に位置して、書かれている。

そのため尾長鳥《おながどり》三羽の内の一羽が、「怨」の字によって半ば消されていた。

「判らぬなあ……」

呟《つぶや》いて宗次は小さく首をひねり、次の間へ戻った。

彼は二つの寝床の間にしゃがみ込んで、それの上にのっている正体の知れぬ黒いかたまりに手を伸ばした。

完全に乾燥し切っていると判断できる〝何か〟であった。

片手ではやや持ち難《にく》い大きさではあったが、両手で持たねばならぬ程の大きさでも重さでもない。

宗次は、それぞれの寝床の敷布《しきふ》を端からめくって風呂敷がわりとし、黒いかたまりを一つずつ包み込んで屋敷を出た。

結局、一夜時次郎と千夜万之介は何処へ消えたのか、屋敷内に見当たらなかった事になる。

(私が屋敷へ立ち入る前に、二人は線香と蠟燭《ろうそく》を点《とも》して直ぐに消えたと考えるしかないな……陣兵衛さんが尾行を気付かれたのか、それとも私の尾行がまずかったのが原因か)

考えても仕方がないと思いつつ、一向に姿を現わす様子のない疾風《はやて》の陣兵衛のことが気になってきた宗次であった。

むろん、それ以上に飯田次五郎の容態が気がかりである。だから、彼、浮世絵師宗次の足は湯島三丁目の医師柴野南州宅へ自然と急いでいた。

十

「お、来たか。待っていたのだ」

「まさか……飯田の旦那《だんな》の容態が悪化……」

「あ、いや、そうじゃない。顔色も良くなり、呼吸もしっかりと安定してきた。もう安心じゃ。峠は越えた」

「おう、それは宜《よろ》しゅうございました。南州先生、本当にありがとうございました」

「手術室から動かせないでいたのをな、先程《さきほど》病室へ移し終えたところだよ。実に気持よさそうに眠っておる。さ、見てやりなさい」

「はい」

　不安な気持で医師柴野南州宅を訪ねた浮世絵師宗次を待っていたのは、ホッとするような南州の穏やかな言葉と笑顔であった。

　その言葉と笑顔に、うそ偽りはなかった。飯田次五郎の表情と呼吸が、あの世の境界からこちら側へ力強く戻りつつあることを、宗次は自分の目で確かめることが出来た。

「南州先生……」

「ん？」

「恐れ入りますが筆と紙をお借り出来ませぬか」

「なんだ。命を取り戻した患者の表情を、描き残しておいてやろうとでも言うのかね」

「はい。是非《ぜひ》にもそうしてやりたいと」

「うん、判った」

にこにこと目を細め笑みを絶やさぬ南州であった。医師としても、飯田次五郎の容態の好転に心から安堵《あんど》している顔であった。

「つい今し方までな、北町奉行所の与力同心たちが来ていたのだよ。南町からも同心二人がやって来てな。皆、安心して帰ったところじゃ」

そう言いながら、次の間から筆と紙などを持ち出した南州の顔は、まだ優しく微笑《ほほえ》んでいた。余程《よほど》うれしいのだ。飯田次五郎のまぎれもない好転が。

枕元で宗次は描き出した。かすかに鳴る筆先の音。

描きながら宗次の頬を、涙がひとすじの尾を引いた。飯田次五郎が男手ひとつで育ててきた幼い子のことを思うと、堪《こら》えられぬうれし涙であった。

その様子を見た南州が、黙ったままひとり幾度となく頷《うなず》いて見せる。

浮世絵師宗次の手にかかると、墨描きの飯田次五郎の顔は、またたく間に出来あがった。

「ふうん、流石《さすが》に上手《うま》いものだ。素晴らしいじゃないか。そのうち私の顔を描いてくれないかね。墨ひと色描《いろ》きではなく、何色も用いてな」

「私の絵は高いですよ、かなり」と、宗次は口元を、ほころばせた。

「え……」と、南州がややわざとらしく、たじろぐ。

「冗談です。そのうち描かせて下さい。出来れば南州先生が手術をなさっている様子などを」

「頼みたいのう。天下一の宗次師匠に描いて貰ったとなると、この柴野南州医院の宝物になる。少し無理してでも支払いは、きちんと致すゆえ」

「飯田の旦那を助けて下さったのです。こちらから釣銭を差し上げたいくらいですよ。それよりも南州先生、外科に優《すぐ》れる先生の目でちょっと検《み》て戴《いただ》きたいものがあるのですが」

「私に検てほしいもの？」

「はい」と、宗次は絵筆を置き、南州をその場に残して玄関へと引き返した。

玄関の下足入れの上に置いてある例のもの――〝逆さ屏風〟の武家屋敷から敷布にくるんで持ってきた、乾燥し切った黒いかたまり――を手にして、宗次は廊下を病室ではなく手術室へ向かった。

廊下の左手に、そう広くもない細長い庭があって、白菊が一面に咲いていた。漢方菊でもあるのだろうか。

手術室に宗次が入ると、南州の助手タケが熱い沸《わ》かし湯に手術器具を浸《ひた》して消毒しているところだった。

「すまないが先生を、お呼びしてくんねえ」

「はい」

「あ、患者がもし目を覚ましていたら、然《さ》り気《げ》なくな」

「判りました」

タケが出ていくと、宗次は手術室の広縁《ひろえん》に出て腰を下ろし、日が差し込んで明るい其処《そこ》へ敷布にくるんだものを、そっと置いた。

ちょっとした事で割れるかも知れないほど、乾燥し切っているのだ。

手術室に入ってきた南州が広縁の方へとやって来た。

「どうしたね？」

「先生、これは一体何でしょう。検《み》て下さいませぬか」

「ん？　どれ……」と、南州は宗次と並んで広縁にしゃがんだ。

宗次は、くるんでいた敷布を用心深く開いた。

「ほう……」と、南州の目つきが真剣になる。

「手に取って検て戴いて結構でありますゆえ」

「いや。手に取らずとも、もう判った」

「え……」

「腑体《ふたい》じゃよ。量から見て腹の腑のほとんどであろうな。大きい方のかたまりは恐らく大人の男、小さい方は大人の女、と見て間違いはない」

〝外科に精通する南州〟と多くの人人から高く評価され親しまれているだけあって、厳しい目つきの割には淡淡として物静かな口調《くちぶり》であった。

「やはり、そうでありましたか。もしや、とは思うておりましたが」

「極寒《ごっかん》の季節にでも、体から取り出されたのじゃろ。そうでなければ、腑体がこれほど綺麗に乾燥し切ることは、ちょっと考えられん」

「はい」

「何処から持ってきたのかな。言いたくなければ、べつに言わなくともよいが」

「想像や推測だけで迂闊《うかつ》な事は申せませぬゆえ、暫《しばら》く待って戴けませぬか先生」

「宜しい。で、持ち帰るのかえ、私が預かるのかえ」

「預かって戴けますと、助かります」

「うん、ではもう一度、よく検てみようか」

南州はそう言って、今度は手に取り、やや細めた目に静かに近付けた。

そして用心深い扱いで裏返し、「宗次師匠、こいつあ……」と呟《つぶや》いた。

宗次が「は?……」と小声で応じ、南州の視線の先へ自分の視線を注いだ。

「この部分じゃ」

と南州が指五本を大きく開いた右の掌《てのひら》に腑体をのせた状態で、左手の人差し指の先を腑体の中央あたりに近付けた。

「これは腹の表側じゃ。右から左に向かって切られておるわな。判るか?」

「なるほど判ります。言われてみると、はっきりと……」

「これは自害による切創痕《せっそうこん》ではないな。自害ならば最初に刃《やいば》を突き刺したとき特有の痕跡があるはず」

「では何者かに正面から腹部を斬られたと？」

「そう判断できそうじゃな。切創痕が深くなさそうなので、切っ先三寸で斬られたのかも知れんなあ」

「だとすれば、刀をかなり使い馴《な》れた者？」

「うーん。その辺のことになると、師匠の方が遥《はる》かに判断に優《すぐ》れているじゃろ」

「めっそうも……」

「兎《と》に角《かく》、この腑体は儂《わし》が預かろう。じゃが師匠、決して浮世絵師の道から外れた事には、首を突っ込まぬがよい。師匠はもう、諸大名、旗本家にまで出入りしている身じゃ。自分を大事にしなされ。よろしいな」

「……はい、出来ます限り」

「ふん、生返事なことよ」

南州が苦笑した時であった。突然、玄関の方で「先生、南州先生」と大声が生じ、続いて幾人もの足音が騒騒しく伝わってきた。

大声の主《ぬし》が春日町《かすがちょう》の平造親分と、直ぐに判った宗次は、立ち上がりざま身を翻《ひるがえ》すようにして玄関へ向かった。

「あ、宗次先生……」

「平造親分、どうしなすったい」

宗次と平造親分は、廊下の中程で出会った。

突如、一陣の風が庭先を吹き抜けて、咲き乱れる白菊が、なぎ倒された。

「増田屋吉次郎一家の代貸、疾風《はやて》の陣兵衛が斬られたんだ」

「なんですってい」

宗次は大きな衝撃を受けてのけぞった。

「見つけた時は弱弱しく名前を口走るのが精一杯でよ。もう駄目かも知れねえ」

「早く南州先生に」

「おうっ」

宗次は廊下を、取って返した。その後に、平造そして二人の若い衆が把持《はじ》する戸板に乗せられた血まみれの陣兵衛が続いた。

南州先生は、「こっちじゃ」と、すでに手術室で待ち構えていた。

手術台へ仰向《あおむ》けに移された陣兵衛は、正面から袈裟《けさ》斬りにされていた。着ているものは斜めに大きく口を開けていたが、腹の腑はどうやら抉《えぐ》られていない。

宗次は、ギリッと歯を噛み鳴らした。

「邪魔だ。出ていなさい」と、南州先生に怒鳴られて、宗次ら四人は手術室から出て玄関の方へ少し引き返した。

「平造親分、大事な話がある」

「聞こう」

「その前に……」

と、宗次は血で汚れた戸板を下げている、二人の若い衆に目をやった。

「すまねえが戸板を水洗いして、返してきてくんねえ」

二人の若い衆は硬い表情で頷《うなず》いた。

「それから愛宕下《あたごした》の増田屋吉次郎一家まで走って、代貸の陣兵衛さんが斬られた事を知らせてほしいんだ。浮世絵師宗次から頼まれたと言ってな」

二人は、また黙って頷いた。

「少ねえがこれで帰りにでも、何処ぞで清《きよ》め酒でも浴びてくんねえ」

宗次から、それぞれ小粒を受け取ると、二人の若い衆は外へ飛び出していった。

「陣兵衛が斬られたことに宗次先生自身、何ぞ絡《から》んでんのかい」

平造親分が声をひそめた。

「もうちょいと、手術室から離れましょうや親分」

宗次も声を落とし、自分から玄関式台へ向かった。

式台には、小さな血溜《ちだま》りが三つ四つあった。

「それで?……」

と、平造親分が険しい目つきで、宗次に顔を近付ける。

宗次は疾風の陣兵衛との出会いから今までの事を、平造親分に打ち明けた。

聞く平造の顔から、血の気が失《う》せていった。

「宗次先生よ。竹矢来で封鎖された、その怪談屋敷のような武家屋敷といやあ……」

「知ってんのかえ平造親分」

「老中支配の勘定頭差添役《かんじようがしらさしぞえ》（後の勘定吟味役《ぎんみ》）を務めた、半多万次郎《はんだまんじろう》様の御屋敷だあな。確か家禄三百石、御役料三百俵だったと思うが……」

「勘定頭差添役の半多万次郎様と言やあ親分……」

「そうよ。七、八年前だったかにこの大江戸を揺るがした勘定奉行所の巨額不正事件。それを突き止め老中に報告した半多万次郎様が、なぜか逆に蟄居《ちつきよ》閉門を申しつけられた挙げ句に切腹の沙汰《さた》」

「うん、あったなあ。どうせ御定まりの権力争いだろうと思ったんで、絵師としてはほとんど関心など無かったが……」

「あの巨額不正事件。老中も絡んだ幕閣総ぐるみの横領だったんじゃあねえかって、江戸の噂雀《うわさすずめ》たちはピイチクパアチク黄色い声で囁《ささや》き合ったもんだが」

「いつの間《ま》にか、その不正騒ぎも消えちまった」

「ところが十手を預かる私《あつし》の耳へは、その後も色んな情報が入ってきまさあね。奥方様と共に切腹したと伝えられている半多万次郎様は、それはそれは正義感の強いお心の寛《ひろ》い御気性《ごきしよう》であったとか……」

「ほう」

「しかも剣を取っては、何とか流剣法皆伝者であり、学問もよくなさったらしくてなあ」

「惜しい人物であったのだな、死なせるには」

「全くでえ。半多様と共に、奥方様も見事に腹に刃を突き立てなされたとか言われており、奥方様のお優しい御人柄を知る出入りの商人などは幾日にも亘《わた》って泣き続けたらしくてよ」

「幕閣の誰一人として、半多家に対し救いの手を差し伸べなかったのかねえ」

「人間ほど汚ねえ生き物はいねえやな。他人《ひと》の幸せは妬《ねた》むが他人の不幸は喜び面白がる、という人間の醜《みにく》さの典型だあな。半多様が、ばりばり勤めを果たしておられる時は……」

「諂《へつら》う者が揉《も》み手《で》で近付き？」

「そうよ。ところが、ひとたび力ある座から滑り落ちると……」

「かかわりを嫌い恐れて、離れてゆく？」

「そういうことでえ。お気の毒と言う他ねえ、半多家の不幸よ」

「子は？」

「問題は、それだあな。宗次先生の口から、さきほど役者二人の名が出たが、その二人が怪談屋敷へ入っていったとなると……」

「おいおい親分、そうおおっぴらに怪談屋敷と口にするのは……」

「なあに、あの屋敷は御公儀筋が故意に化け物屋敷の噂を流した上に、厳しく立ち入り禁止にしたまま取り壊しもせず、今に至っているんでい。怪談屋敷と呼んでも、一向に差《さ》し支《つか》えござんせんよ」

「じゃ、ま、怪談屋敷にしとこうかい親分。で、その怪談屋敷へ入った二人の人気役者の名が……」

「一夜時次郎と千夜万之介。で、半多様の御名が万次郎」

「あ……つながりやがった」

「半多家には子が二人いたと記憶しているんだが、男だったか女だったか、ちょいと覚えていねえやな。なにしろ七、八年も昔の、しかも武家社会の事だしな」

「子に男二人がいたとすれば、辻褄《つじつま》が合う」

「一夜時次郎と千夜万之介は京と江戸の出だと言われている大変な人気役者だが、その出身《うまれ》は紫伊之助一座が言っているだけのこと。半多万次郎様の御嫡男と御次男だとすれば、怪談屋敷へ入っていったことも頷けらあ」

「うむ」

「宗次先生よ。これから二人で怪談屋敷へ出かけてみようや。十手持ちとして情ない事を言うようだがな、あの屋敷へ儂《わし》一人で立ち入る勇気なんぞは、とても無《ね》えよ。厳しい立ち入り禁止が未《いま》だ続いているし、それに仏壇の前で白骨が正座しているなんざ、ぞっとしねえ」

「いや。平造親分は、半多家に余りかかわらねえ方がよござんすよ。迂闊《うかつ》にかかわって飯田様や陣兵衛さんの二の舞、三の舞になっちゃあ……」

「待ちねえ宗次先生よ、儂だって十手持ちの親分として……」

「その十手持ちの平造親分の気立てのいい御内儀《おかみ》さんや赤ん坊を、この宗次は悲しい目に遭《あ》わせたくねえんですよ。私《あつし》が心を込めて絵に描いた御内儀《おかみ》さんや赤ん坊をね」

「…………」

「怪談屋敷へは私《あつし》がもう一度行ってみやしょう。何か新しい事実を摑《つか》んだら必ず親分の耳に届けますよ」

「そうかい、判った。ありがとよ宗次先生」

「案外に、一夜時次郎も千夜万之介も半多家とは直接のつながりは無かった、という事になるやも知れねえ。勝手にあれこれ推測し過ぎやすと、見えるものまで見えなくなっちまう」

「違《ちげ》えねえ。その通りだ」

「嬉しいことに飯田様は持ち直しやした。親分は暫《しばら》く、飯田様と陣兵衛さんの傍《そば》に付いていてやっておくんない」

「うん。そうするか」

親分がしっかりと頷くのを確かめて、宗次は南州医院を後にした。

閉　幕

宗次が花振神社境内《けいだい》の紫伊之助一座前で立ち止まった時、幕切れの拍子木《ひょうしぎ》を打ち鳴らす音が、座の外まで聞こえてきた。拍子に混じって、人気役者への声かけも賑《にぎ》やかだった。

「終わったか……」と呟《つぶや》いて、浮世絵師宗次は空を仰いだ。今にも雨が降り出しそうな陰気な灰色の雲が鱗《うろこ》状に空の果てまで広がっており、その僅《わず》かな切れ目から西へ沈み出した日が一条の鋭い光をこぼしている。

「旦那、このあとの舞台はもうありませんぜ」

宗次の方を気にかけていた鼠木戸《ねずみきど》の老爺《ろうや》が、人の善さそうな笑みを見せて声をかけた。

「ああ、判ってるよ」

宗次は笑みを返して歩き出した。

座の東側の端を左へ折れようとした宗次の背に、このとき「お待ちなせえ宗次先生」と澄んだ声が掛かった。

聞き覚えのある声、と思いつつ宗次が振り返ってみると、七、八間《けん》の所に黒羽織の姐《ねえ》さんが艶然《えんぜん》たる笑みを見せて立っている。

「お、小鈴《こすず》姐さんじゃねえか。こんなに遠くまで出稼ぎかい」

「そうさ、若い間に稼がなきゃあなりませんもの」

「この辺りじゃあ黒羽織は役人がうるさいと言うぜ」

「構うもんか。何が御禁制なもんですかね。深川あたりの姐さん達なんぞ、おおっぴらに黒羽織を着て、御役人に寄り添い歩いてますよ」

「まあな。それにしても姐さんの住居《すまい》からこの界隈《かいわい》までは遠いなあ。夜道には気を付けなきゃあ」

「実はこの丘の下に、大きな料理茶屋が新しく出来ましてさ。『夢座敷』の女将《おかみ》さんに駕籠《かご》で連れてきて貰って紹介されたってわけ」

「そうか、店への顔見せかい」

「正式に声が掛かったら、往き帰りは店が駕籠を用意してくれますから」

「で、お幸は？」

「今夜は『夢座敷』が特に忙しいので、別の駕籠で先に帰りましたよ。私はこの境内の奥にある愛宕稲荷《あたごいなり》にお参りしてから帰ろうかと思って」

「そう言えば、嫁《とつ》いで一年もせぬ内に病《やまい》で亡くなった恋亭主とは、神田稲荷の前で嫁ぐ約束を交わしたとか言ってたな」

「うん……そう」と、小鈴姐さんは、少し目を伏せた。

「で、帰りの駕籠は？」

「丘の下に待たせてあるの」

「そうかえ。暗くならねえ内に、気を付けて帰りな。このところ物騒だしよ」

「ありがと」

「家《うち》で待ってる二歳だったかの坊やに、これで何か買って帰ってやんねえ」

宗次は着物の袂《たもと》から取り出した一分金一枚（一両の四分の一）を取り出して、小鈴姐《ねえ》さんのやわらかな手に握らせた。

「宗次先生こんなに……」

「女ひとりが幼子《おさなご》を育てていくのは、大変な世の中だ。負けずに頑張りなせえよ」

「はい」

「そのうち母子《おやこ》の絵を渾身《こんしん》の業《わざ》で描いてやっから」

「えっ、ほんと？」

「本当だとも。声かけるから待ってな」

大きく頷く小鈴姐さんを残して、立ち去る宗次であった。

江戸で一、二と言われている料理茶屋『夢座敷』で大事に扱われている小鈴姐さん。結構な身請け話は途切れずにあるが、恋亭主の忘れ形見を女手一つで育ててみせると、決して首を縦《たて》に振らぬ気丈。

母を知らぬ宗次にとって、見て見ぬ振りが出来ぬ小鈴姐さんであった。

石段の下り口で宗次が振り返ってみると、小鈴姐さんはまだこちらを見ていて、小さく微笑《ほほえ》んでから深深と腰を折った。

その整った顔が上がらぬうちに、宗次は階段を身軽に下り出した。

二十二段を下り切って、宗次の足は半多屋敷へと向かった。

丘の麓《ふもと》沿いに一本道を東へ二町ばかり行くと、南からきた道と合流して北へ――半多家の方角へ――と延びている。この南からきた道は丘の麓《ふもと》を彼方《かなた》――西の方角――へ緩《ゆる》く曲がっており、花振神社の反対側石段につながっていた。

宗次は道の合流点まで来て、ちょっと考え込んだ。

「待ち構えてみるか」

呟《つぶや》いて宗次は、路傍に聳《そび》えている二本の巨木の間へ体を潜めた。

夕方の西日は、釣瓶落《つるべお》としだった。

芝居を楽しんだ客たちが、一夜時次郎がどうのこうの、などと語り合いながら次から次へと足早に路傍の巨木の前を通り過ぎてゆく。誰一人として、宗次が潜んでいることに気付かない。

日が落ちたあとの大江戸は、恐ろしいほどの暗さになる。そうとならぬ内にと家路《いえじ》を急ぐ、芝居客たちであった。

やがて——。

宗次は静まり返った闇の中に一人残された。どこか物悲し気《げ》に犬の遠吠《とおぼ》えが聞こえる。

「今宵《こよい》は月明り駄目かねえ」

最後の芝居客らしいのが通り過ぎて半刻《はんとき》ばかりしてから、宗次は巨木の陰から出て歩き出した。手さぐりに近い闇、と言っても決して大袈裟《おおげさ》ではない。

道の左側にずっと続いている武家屋敷の白い土塀が、ぼんやりと白んでいるのが頼りだった。

（小鈴姐さんじゃあねえが今に、お待ちなせえ、とくるかな）

そう思いつつ背後にそれなりの用心を払い、ゆったりとした足取りで半多家へ向かう宗次であった。

続いていた白い土塀が板塀にかわって、視界が急に暗さを増した。

小旗本か御家人の屋敷なのであろう。塀の向こうから、乳でも求めているのか赤子の泣き声が聞こえてくる。

力いっぱい泣いている。

（百石屋敷ってとこか。やりくりが大変だろうぜ）

宗次は、そう思いつつ歩いた。小旗本、御家人で百石前後の代表的な役職と言えば、富士見宝蔵番《ふじみほうぞうばん》、奥火之番《おくひのばん》、普請方改役《ふしんかたあらためやく》、評定所番《ひょうじょうしょばん》、徒目付《かちめつけ》、掃除之者頭《そうじのものかしら》、鷹匠《たかじょう》、材木石奉行あたりであろうか、と心得ている宗次である。

「お……」

頰《ほお》に一つ、冷たいものが当たったので夜空を仰いだ。

雨であった。強く降る気配はなさそうだったが、額《ひたい》に頰に顎《あご》に冷たい粒が次次と当たった。

であるのに、それまで墨を流したような空が、ほんのりと明るくなり出している。

雲が流れて、どうやら月が顔を出しそうだった。

「月雨《つきさめ》……ってえとこかえ」

呟いて宗次は、嫌な予感に見舞われた。どす黒く冷たい何かが、ふわりと後ろ首を撫でたような気がした。

「いよいよ出るのかねえ……ドロドロドロと」

宗次は左手で後ろ首をひと撫でして苦笑した。

と、道の向こうの方から、こちらに向かって、月明りがスウッと清水のように流れてきた。

そして足元がほの明るくなり、やがて向こうに見覚えのある門構えが見え出した。

お待ちなせえ、はどうやら現われそうにない。

宗次は半多家表門の前で足を止め、竹矢来で封じ込められたこの一家の不幸を思った。権力による一方的な理不尽《りふじん》が、恐らく残酷この上ない形で半多家を見舞ったのであろう、と想像する他なかった。

仏壇の前で正座している二体の白骨。それが、その残酷さの何よりの証《あかし》のような気がした。

宗次は潜り門に近付き、押してみた。

開いた。が、まあ無用心というものでもあるまい。

竹矢来で封じられ、化け物屋敷の噂が付近に漂っているような立ち入り禁止の屋敷へ、わざわざ踏み込む者なんぞいまい。

宗次が潜り門を入ると、月が雲に隠され辺りが闇と化したが、直ぐまた月明りが降り出した。

当たり前のものなら、この屋敷内でのその変わり様《よう》は薄気味悪いものであろうが、大江戸一の浮世絵師の口から出る呟きは「これは……絵になる」であった。

宗次は雑草が乱れ繁《しげ》る庭内を奥へ向かった。この不幸な荒れ屋敷の月夜の庭というものを、絵師として見ておきたいという思いがあった。興味本位ではなかった。白骨二体に対して合掌《がっしょう》し弔《とむら》ってやりたい気持も、心の奥深くにはある。

先に訪れた時に気になっていた柳の脇の古井戸、それが目にとまって宗次の足が思わず竦《すく》んだ。

二つの白い影、影と形容するほかないボウッとしたものが、井戸端で揺らいでいた。全く人の形とは見えないそれであった。人以外の形と捉《とら》えることにも無理があった。

宗次は厳粛《げんしゆく》な気持で見続けた。

すると二つのそれは、こちらを見るかのように向きを変えて宗次の気持を一層のこと重くしたが、そのあと井戸に引き込まれるように消えていった。

月明りが皓皓《こうこう》となる。

宗次は玄関の方へ踵《きびす》を返した。

玄関式台の前に雪駄《せった》を脱ぎ揃えて、宗次は暗い廊下を中庭に面したあの悲劇の座敷へと向かった。

その中庭に降り注ぐ月明りが、一層明るさを増していく。

座敷の中ほどまでが、真昼かと思わせる程に明るい。

しかし、仏壇の前に正座をしていた白骨二体は、疲れ果てたのかそれとも役割を終えてそうなったのか、横倒しになっていた。

二体とも同じような横たわり方であった。

「もう安まれよ。私でよければ無念の全てを預かってもよい」

宗次は穏やかに語りかけつつ、先《ま》ず大きい方の白骨を次の間の布団に優しくそっと横たえた。

次いでやや小さい方の骸《むくろ》を。

そして合掌《がっしょう》を済ませて腰を上げ体の向きを変えたとき、舞台の幕が上がったようにそいつは現われた。月明りを背に浴び、深編笠をかぶって顔を隠したそいつは二人。

共に着流しの二本差しだった。

「一夜時次郎に千夜万之介。此処《ここ》に来て深編笠でもあるめえ。面《つら》あ見せな」

「お前は何処の何者じゃ。名乗れい」

二人の内の僅《わず》かに背丈の高い方――千夜万之介――が口を開いた。厚い張りのある威圧的な男声であった。

「浮世絵師宗次。江戸の裏社会でも、ちいとは知られた男だ」

「お前が……宗次」

「ほう。俺を知ってくれていたかえ。此処へ訪れたのはこれで二度目だがなあ」

「判っている。だが江戸一番の浮世絵師宗次だったとは知らなんだが」

「矢張り一度目の忍び込みも気付いていたかえ。ならどうして刃を向けてこなかった」

「我我にとって、この屋敷は神聖なる場所だ。何処の何者とも知れぬ者の血で汚しとうはないのでな」

「白骨《しらほね》と化した二つの骸《むくろ》は、お前さん達の御両親かえ」

「そうだ」

「つまり、老中支配の元勘定頭差添役をお勤めになった半多万次郎様の御嫡男と御次男てえ訳だな」

「…………」

「どうしたい。なぜ答えねえ」

「お前ごときに何故《なにゆえ》、答えねばならぬ」
「なるほど、お前ごとき、ときたか。ならば深編笠ぐらいは取って早く面《つら》あ見せな」
「よかろう。そのかわり明日は朝陽《あさひ》は拝《おが》めぬと知れ」
「承《うけたまわ》った」
「ふっ、いい度胸だ」
と言いつつ千夜万之介が先《ま》ず深編笠をゆっくりと――演じているかのように
――脱ぎにかかった。
このとき月夜の風が座敷に吹き込んで、床の間の〝怨〟の掛け軸が揺れて、
カタッと小さく鳴る。
床の間の直ぐ前に位置していた千夜万之介の右の肩が、その小さな音に反応
してか一瞬だが痙攣《けいれん》した。
万之介の左手が深編笠を取り、そのまま足元へ落として、露《あらわ》になった顔が
ニヤリと笑う。
凄《すさ》まじい表情であった。とても人間の顔ではなかった。

「矢張りな」と、宗次の目が厳しくなる。

役者の化粧顔――毒毒しい――そのままであった。紫伊之助一座はいま『修《しゅ》羅《ら》鬼《き》門《もん》しぐれ地獄』を午前午後の二回張って、好評を博している。

その主役が、千夜万之介、一夜時次郎であった。赤・青・黄・黒の四色による舞台化粧は地獄の修羅鬼を思わせて、凄まじい毒毒しさである。

「怖いか、恐ろしいか宗次よ」

「浮世絵師ってえのは、もっと恐ろしいものを、もっと多色で描いてらあな」

「なるほど。それにしても、よくぞ我我に近付けたものよ」

「聞くところによるとお前さん達ふたりは、座長に隠れて肉食三昧《ざんまい》らしいじゃねえか。生肉をも食らっているとか。香具師の増田屋吉次郎元締にすでに気付かれているぜい」

「肉体の内側で、憎悪《ぞうお》を激しく膨らますために食らっておる。その憎悪を一撃必殺に変えんとして食らっておる。そのためには強靭《きようじん》な気力と体力が必要じゃ。そのためにも食らっておる」

「復讐《ふくしゆう》……のためか」

「………」

「復讐のために、何の罪もない者を斬り、その者の腹肝《はらぎも》を食ろうたと言うのか」

「何の罪もない……者ではないわ」

「ん？」

「老中や勘定奉行の秘命《ひめい》を受けた手練《てだれ》集団が、わが父と母を惨殺《ざんさつ》した」

「手練集団？」

「わが父は無形神刀流皆伝の腕」

「な、なにっ……高枝四郎信綱と同門だったと言うのか」

「そうだ。父は湯島道場師範代の地位にありながら、勘定頭差添役の勤めをもよくこなす真面目《まじめ》な優しい人柄だった」

「その半多万次郎殿を殺《や》るために、無形神刀流の手練たちが老中や勘定奉行の秘命を受けた、と言いたいのだな」

「………」

「すると、まだまだ腹肝を食らわれる剣客は、出てくるってえ訳か」

「…………」

「老中や勘定奉行まで倒すのけ……いや、待てよ。老中も勘定奉行もすでに当時とは入れ替わっているんじゃあなかったかな」

「…………」

「となると、尚《なお》のこと狙い易《やす》くなっている……か」

「おい、浮世絵師宗次」

「なんでえ」

「お前、何流かは知らぬが相当やるな」

「なんのこってえ」

「目つき、足構え、手指の開き具合。どれも然《さ》り気《げ》ないが全く隙《すき》がない。お前、一体何者じゃ」

「ただの浮世絵師よ」

「嘘《うそ》を申すな」

「私《あっし》がもし武芸の凄腕だったとして、それを見抜くお前《めえ》さん達こそ何処でその眼力《がんりき》を磨いたんでえ」

「知りたいか」

「どうしても」

「ならば聞けい。わが父と母は我等二人が御学問所で講義を受けている不在の間に、惨殺された。我等が屋敷へ戻ってみると、父と母は腹肝をことごとく引き出され息絶えていた」

「なんと……腹肝をことごとく……」

「我等は共に当時十六歳。双児《ふたご》じゃ」

「そうか。双児か。道理で体つきが、どことなく似ている」

「身の危険を感じた我等二人は、床の間の掛け軸と、次の間の屏風《びようぶ》に父の腹肝を用いて『怨』と書きなぐり、屋敷を出た」

「そのあと一座に入り、諸国を渡り歩きつつ、剣の修行に励んだ、という筋書かえ」

「ま、それでいいだろう。座頭《ざがしら》は実の親のように、我等二人をよく可愛がってくれた。剣の修行は大いに舞台の役にも立ったし、この点でも前向きに支えてくれた。しかし、座頭《ざがしら》は知らぬ。我等二人が復讐という目的を抱いていたことはな。これだけ聞けば、気が済んだであろう」

「一つ訊《き》きてえ」

「聞こう」

「稲荷神社の境内で、奉行所同心を斬ったのも、お前さんかえ」

「私だ。身形《みなり》で町方同心と判っていた。幕府の職に就いている奴は誰であろうと許さぬ」

「も一つ訊きてえ」

と、宗次は、再び千夜万之介の方へ目をやった。

「お前《めえ》さんの後をつけていた増田屋吉次郎一家の代貸、疾風《はやて》の陣兵衛を斬ったのは、おい、手前《てめえ》だろ」

問われて千夜万之介、ニヤリと笑った。

「ふん。ニヤリが返事かえ。増田屋吉次郎と言やあ、大江戸の闇の凡《およ》そ半分近くを仕切ってなさる程の大元締だ。その代貸に刃を向けたとあっちゃあ、二度と舞台にゃあ立てねえぜ」

聞いて千夜万之介がフンと鼻先を鳴らした。

「増田屋吉次郎元締は我等二人を熱心に贔屓《ひいき》にして下さっておる。とくに一夜時次郎には異常な程の御執心《ごしゅうしん》でな。それゆえ元締の首を取ることぐらい、いとも簡単」

「チッ、狂ってやがるぜ、お前《めえ》たち」

「さあて、そろそろ腹が減ってきましたぞ。これ、そこの浮世絵師や。生きのよい腹肝を、そろそろ我等二人に恵んでおくれ。ほほほほっ」

急に声音《こわね》を、黄色い金切り調子に変え、千夜万之介が刀を抜き取った。

宗次が僅かに右足を退く。

「これ町人。お前も刀を持つがよい。わが父の刀を使うことを許す。わが二親《ふたおや》の骸《むくろ》を寝床に横たえてくれし町人の腹を、素手のまま裂けぬわ。それ、わが父の枕元の刀を持つがよい。ふふふふっ」

「他人様の刀を借りるほど、この浮世絵師宗次、落ちぶれちゃあいねえ」

「ほざいたな腹肝よ。では、わが美しい剣の舞いを見せてやろう。舞台でも見せたことのない美しい舞いをな」

千夜万之介は身構えた。その横に、六、七尺の間をあけて立っていた一夜時次郎が、目で笑ったまま、ふわりとした身のこなしで更に万之介との間を広げる。万之介の邪魔にならぬように。

「ほう、表之太刀構《おもてのたち》えときたかえ化け物さんよ」

「ん？　これ町人、矢張りお前、剣術を心得ておるのじゃな」

「父親の半多万次郎殿は無形神刀流で、お前《めえ》は天真正伝香取神道流《てんしんしょうでんかとりしんとうりゅう》を秘めていたのかえ」

「もう一度訊かせておくれでないか町人。貴様一体何者なのじゃ」

「だから先程言ったじゃねえか。ただの浮世絵師よ」

「そうか、そうか。では腹肝を引きずり出し、五体ことごとく切り刻んでやるゆえ、有難く思うがよいぞ町人。ほほほほっ」

「ふん。阿呆《あほ》かお前《めえ》ら」

宗次は次の間から、仏壇のある十畳の座敷へ一歩踏み出し、ほんの一瞬天井へ視線を走らせた。天井は落ち着いた造りの船底天井だった。中央の桁《けた》線がかなり高くなっている。

「覚悟《かくご》せい町人」

「受けましょうかい」

宗次は、やはり右足を僅《わず》かに退いて軽く腰を下げ、左腕を相手に向けてやわらかく突き出し五本の指を一見だらし無く開いた。右腕は然《さ》り気《げ》なく腰の後ろへ浅く回し、五本指はこれもだらしな気《げ》に開いたまま。

あの独特の「おっと、お待ちなせえ」構えであった。

「受けましょうかい」と応じた宗次であったが、その表情はたちまち硬くなっていた。しかも素手である。

天真正伝香取神道流がどれほど崇高《すうこう》にして壮烈な剣法であるか、知らぬ筈のない宗次である。居合、薙刀《なぎなた》、槍《やり》、柔《やわら》、手裏剣、忍《しのび》、など多岐に亘《わた》る武芸を統括した一大兵法であり、その意味では諸流儀剣術の奥の院・原点である、とすら認識し敬《うやま》ってもきた。

その無敵の剣を今、恐るべき相手が己れのものとして身構えている。

宗次は既《すで》に亡き養父、揚真流《ようしんりゅう》兵法の開祖である大剣客・梁伊《やない》対馬守《つしまのかみ》隆房《たかふさ》から幾度となく、こう聞かされていた。

「揚真流兵法は如何《いか》なる流儀をも恐れぬ。が、ただ一つ、天真正伝香取神道流と対峙《たいじ》せし時は、表之太刀構えの裏に隠されし音無しの〝崩し〟業《わざ》に注意せよ」

その表之太刀構え、いかにも宗次を斬り下ろすかに見せて刀を大きく右斜めにかつぎ上げている。見方によっては右上段の構えであり、両足先は今にも飛びかからんばかりの態《てい》であった。それに反し、不気味な舞台化粧の中で両の目は落ち着いて深く静か。

（隙《すき》が全くねえ……）と、宗次は思った。

二人の対峙《たいじ》を見守って動かぬ一夜時次郎は、薄ら笑いを見せて懐手《ふところで》であった。

宗次は背に、早くも汗が湧き出すのを覚えた。

千夜万之介の足先が、するりと滑って間《ま》を詰める。単に剣術が強いだけの、間の詰め方ではなかった。だから宗次の心の臓は一瞬、びくりと躍《おど》った。

（こやつ、ひょっとして忍びでもあるのか）

宗次は、そうと判って、えらい奴を相手にしちまったい動けねえ、と生唾《なまつば》を飲み込んだ。

だが、間《ま》を詰めた千夜万之介も、そのまま身じろぎ一つしなくなった。

しかも深く静かだった目つきが、次第にきつくなり出している。

明らかに……苛立《いらだ》ちであった。

千夜万之介も動けないのだ。宗次の素手業《わざ》「おっと、お待ちなせえ」に。

見守る一夜時次郎の、おどろおどろした化粧顔も、ひきつったようになり始めていた。

刻《とき》が……過ぎてゆく。

このとき、(動けねえ)と思っていた筈の宗次が、これもまた、するりと滑って相手との間を詰めた。足先指を僅かに上げ、踵《かかと》だけで滑り寄る〝音なしの間詰め〟であった。揚真流兵法の皆伝業の一つだ。

千夜万之介の切っ先が、小さくビクンとなった。間違いなく、威圧されている。

しかし、それは宗次にしても同じであった。

違いは、一方は真剣を手にし、一方は素手である、という事だ。

突如、千夜万之介が畳を蹴った。蹴ったが、飛び上がった訳ではなかった。

一直線に、矢のように宗次にぶつかっていった。

宗次が、くわっと眼《まなこ》を見開く。宗次にしては珍しい形相《ぎようそう》だった。

千夜万之介の体が宗次の直前で、軽く浅く宙に浮き上がった。

宗次が覚悟したかのように、右膝《ひざ》を畳に付け、左脚を深く曲げて全身を沈めた。

千夜万之介にとっては、それこそ待ち構えていた相手の姿勢。

彼の太刀が、宗次の肩めがけて激しく打ち込んだ。

宗次が躱《かわ》そうとして上体を右へ振った。

刹那《せつな》。

万之介の切っ先三寸が唸《うな》りを発して、宗次の眉間《みけん》に打ち下ろされた。

空気が——確かに唸りを発して震えた。

宗次の眉間が、深深と割られて、血しぶきが飛び散る。

と、思われた次の瞬間、万之介の切っ先は刃を返して、小手内の脈に痛烈な一撃をくれた。

これぞ〝崩し〟であった。表之太刀構えの背後に隠されていた音無しの〝崩し〟である。

宗次に避ける余裕などなかった。まぎれもなく万之介の切っ先三寸は吸い込まれるように宗次の小手内に斬り込んだ。

が、宙で大きく一回転し、畳に叩きつけられたのは千夜万之介の方だった。

ドスンと畳が鳴る。

万之介の太刀は、立ち上がった宗次の両の掌《てのひら》に挟まれていた。

あざやかな無刀取り。

跳ね起きた万之介の左胸へ、ひと呼吸の間も置かず宗次が両の掌に挟んだ太刀をそのまま打ち込んだ。

再び万之介は畳の上へ仰向《あおむ》けに倒れ、畳を大きく鳴らした。

「揚真流……と見た……すご……い」

それが千夜万之介の最後の言葉であった。

「まだやるか」と、宗次は一夜時次郎を見た。

しかし時次郎の視線は、万之介に向けられていた。

宗次は、「お……」と思った。時次郎の目から、ひとすじの涙がこぼれていた。

「抱いてやんねえ。さすれば、いささかなりとも魂は安らぐだろうよ」

そう告げて、宗次は用心のため、次の間そばまで退がった。

一夜時次郎は万之介に近付き、腰の二刀を取って骸の脇に正座をした。

「兄者……」

はじめて言葉を口にした一夜時次郎であった。

「兄者……兄者」

悲し気であった。一夜時次郎は泣いた。肩を小さく波打たせて。

(なんてことだ……)と、宗次は目を見張った。思いもしていなかった事を突きつけられた驚きの表情であった。半ば茫然《ぼうぜん》としている。

その宗次の両掌《てのひら》からは、揚真流無刀取りが天真正伝香取神道流に破られる寸前であったのか、血玉が垂れ出していた。掌《てのひら》を浅く割られていたのだ。

やがて一夜時次郎は二刀を腰に戻して、立ち上がった。人気役者の兄、千夜万之介そのままと言ってよいほどの体格。そして美しく、すらりと伸び切った全身。

「おのれ浮世絵師、兄、万之介の無念を晴らす」

「いや……」と、宗次は首を横に振った。

「私には、そなたは斬れぬ。斬りとうない」

宗次の口調が、がらりと変わった。

「町人……その言葉使い。貴様……侍だったか」

「まぎれもない町人絵師だ。しかし……侍の血は体の中に流れている。だから、そなたを斬れぬ」

「私を怖れたな」

「左様。怖れた」

「なれども兄者の無念は晴らす」

「どうしてもと言うか」

「どうしてもじゃ」

「ならば、そのオドロオドロしい舞台化粧を洗い流して参れ。素顔を私に見せれば対峙してもよい」

「約束するな」

「二言は無い。台所の水瓶《みずがめ》には、どうせ水を欠かしてはおるまい。早《はよ》う顔を洗って参れ」

「逃げれば地の果てまでも追うぞ」

「逃げはせん」

「よし」

一夜時次郎は身を翻《ひるがえ》した。

宗次は次の間へ入ってゆき、寝床の白骨《しらぼね》に語りかけた。

「千夜万之介は倒してしもうたが、安心なされよ。一夜時次郎は我が身に刃が降りかかろうとも、この宗次がお助け致す」

（お願いじゃ、あの子だけはお赦《ゆる》し下され、お頼み申す）

宗次には、白骨《しらぼね》の悲痛な答えが聞こえたように思えた。

「まこと権力者とは醜《みにく》いのう。巨万の富《とみ》を不正な手段で貪《むさぼ》り得ながら、尚《なお》も平然たるふてぶてしさで権力の座に、意地汚《いじきた》なく居座り続けるのじゃから」

（その通りでござる。悪《あ》しき銭権《ぜにけん》（銭権力者のこと）を打ち倒して下され宗次殿）

廊下が軋《きし》み鳴ったので、宗次は振り向いて、次の間から出た。

千夜万之介の体から流れ出る血が広がり出した座敷へ、一夜時次郎が入ってきた。

その顔を見て、宗次は溜息《ためいき》を吐《つ》いた。

「やはり……そうであったか」

「貴様を斬る。切り刻んで食ろうてやる」

「もう止《よ》さぬか」

「怖《お》じ気づいたか。卑怯《ひきょう》ぞ」

「綺麗じゃ」

「なに……」

「綺麗だと言うておる。まれに見る美しさじゃ」

「おのれ。愚弄《ぐろう》いたすか」

「真《まこと》を言うておる。香り立つような美しさじゃ。そなた、女性《おなご》であろう」

「………」

「今の私は大勢の女性《おなご》を描いてきた絵師じゃ。妖し絵も描いてきた。だから判るのじゃ。一夜時次郎は女形《おやま》役者ではなく、真《まこと》の女性《おなご》だとな。それも、まれに見る美しさ」

「………」

「一座の座頭《ざがしら》は、そなたを女性《おなご》と承知しておるのか。それとも今日まで上手《うま》く男で押し通して参ったのか」

「………」

「ま、そのような事など、どうでもよい。ともかく私には、美しいそなたを斬れぬ。私を斬りたくば、斬ってもよい」

「父と母が……哀《あわ》れじゃ」

「うむ。大凡《おおよそ》の事情は聞き知っておるが」

「兄者も……哀れじゃ。余りにも」

「千夜万之介とは、双児の兄と妹だな」

一夜時次郎は頷《うなず》き、がっくりと膝《ひざ》を折って座り込んだ。

「そなたは剣も相当やりそうじゃのう。掌を傷つけてしまった今の私では勝てぬやも知れぬな。兄者とは、剣の腕はどちらが上じゃ」

「私の方が、かなり強い」

「では辻斬りの下手人は、そなた一人か」

一夜時次郎は、首を横に振った。

「私は一人も斬ってはおらぬ。斬りたかったが、兄者が強く止めたのだ。お前は、刀も体も汚してはならぬと」

「そうか……お前には優しい兄者であったのだな」

頷いて一夜時次郎は、また泣き出した。

宗次は船底天井を見上げて、少し考え込んだ。

そして言った。

「私の住居《すまい》は鎌倉河岸《かまくらがし》の八軒長屋じゃ。貧乏長屋だが皆いい人ばかりでな。一度訪ねて来ぬか」

「…………」

「鎌倉河岸あたりで誰彼に訊《き》けば、私の住居《すまい》は直ぐに判る。待っているぞ」

そう言い残して、宗次は座敷から出ようとした。

「お待ち下さいませ」

それは一夜時次郎が、心から女に戻った瞬間であった。

「私を……私を奉行所まで連れて行って下さりませ」

「そなた、名は何と言う」

「千世《ちよ》と申しまする」

「お千世か。いい名じゃなあ。そなたは奉行所へ名乗り出る必要など無い。断罪されるは不正に巨万の富を得た幕閣の銭亡者《もうじゃ》どもよ。いずれ天の罰は下ろう。私の所へ来て、暫く心と体を安めるがよい。いいな、待っているぞ」

宗次は微笑みかけて、座敷を出た。

千世は畳に両手をついて、深深と頭を下げた。千世の背に振りかかる月明りが一段と明るさを増したようだった。

知らねえよ

一

「ご免下さいまし」

「…………」

「おはようございます」

「…………」

「浮世絵師宗次《そうじ》先生の御宅《おたく》は、こちらで御座いましょうか」

「うーん。こんなに朝の早くから何処《どこ》の誰《どなた》でござんす」

「は、はあ。あのう……」

「ま、お入りなせえ。突《つ》っ支《か》い棒は、しておりやせん」

「失礼致します」

薄寝床《うすねどこ》の上に体を起こした宗次は、指先で目元をこすった。

乾いた目やにが一粒二粒こぼれ落ちる。

直《す》ぐそば、鎌倉河岸《かまくらがし》に在《あ》る居酒屋『しのぶ』で昨夜、長屋の連中と痛飲した酒が、頭の後ろにまだ残っていた。どろんとした重い痛みが、鬱陶《うっとう》しい。

宗次は頭《かぶり》を振って寝乱れたまま立ち上がった。腰高障子《こしだかしょうじ》を、がたぴし鳴らして、朝陽《あさひ》が差し込み出した土間《どま》へ入って来た女性《ひと》が、「あ……」と顔を横へ背《そむ》ける。小さく、うろたえていた。

「そろそろ起きようかい、と思っていたところへ不意に訪ねて来なすったんだ。多少の寝乱れは許してくんない」

「申《もう》し訳《わけ》ありません」

「ちょいと、お待ちなせえよ」

宗次は布団を勢いつけて三つに折り畳み部屋の片隅《かたすみ》へ押し滑らせると、その跡へ湿《しめ》ったような座布団を一つ置いて、猫の額《ひたい》ほどの庭に面した破れ障子を開けた。

庭にも僅《わず》かに朝陽が差し込んでいたから、これで部屋の中がかなり明るくなった。光の中を、庭先へ逃げ出した小さな埃《ほこり》が白く舞っている。

宗次は寝着《ねぎ》の上に縞物《しまもの》小袖を羽織《はお》ると、角帯《かくおび》をキュッと締め鳴らして、「どうぞ……」と客を促《うなが》した。

宗次が客をようく眺《なが》めたのは、この時だった。

遠慮してか動かぬ客を、「さ……」ともう一度促して宗次は胡座《あぐら》を組んだ。女はようやく土間から上がって、座布団の手前に座り、手にしていた風呂敷包みをそっと横に置いた。年齢《とし》の頃は二十五、六か。

着ているものから、ひと目で「小旗本か御家人の御新造ってとこかな……」と宗次には判《わか》った。将軍の妻なら御台所《みだいどころ》、御三家の妻は御簾中《ごれんちゅう》、大名や大身《たいしん》武家では奥方様（奥様も）、それ以下なら御新造と、妻にもしっかりとした下らない階級差別がある。その日暮らしの最下級の武家なら町人の妻と同様に、御《お》内儀《ないぎ》だ。さすがに「かみさん」まではいかない。

女が三つ指ついて頭を下げようとするのを、「止《よ》しねえ」と制止した宗次は「朝から堅苦《かたくる》しいのは嫌《きら》いだ。用件は？」と訊《たず》ねた。

「浮世絵ではこの大江戸で一、二と評判の宗次先生に、是非《ぜひ》ともお願いがあって参りました」

そう言う女の顔色は、病人と判る程《ほど》ではないにしろ、余りよくない。やつれても見える。

「絵を描《か》いてくれってかい？」

「は、はい」

「妖《あや》し絵《え》、をかね」

「え？」

「違ったか。こいつあ失礼。では誰を、あるいは何を描いて欲しいんで？」

「五歳になる我《わ》が子を、描いてやっては戴《いただ》けないでしょうか」

「ほう、子供をかい……女の子？」

「いいえ、男の子でございます。こうしている間にも、その命が消えてしまうのではないかと、気が気ではありません。せめて命ある間の姿を、絵に残してやりたいと」

「命……詳しく理由《わけ》を聞かせてくんねい」

「三歳の頃から時折《ときおり》、胸を抱え込んで苦しそうに、しゃがむようになり、近頃では発作《ほっさ》が起きますと、それはもう呻《うめ》いて呻いて母親の私が正視できぬ程でございます」

「そいつあ大変だな。どうやら心の臓が悪いと見たが」

「はい。その通りでございます。何とか、お金《かね》を工面《くめん》致しまして、高名な蘭方《らんぽう》の先生に三度ばかり診《み》て戴いたのですけれど……」

「もう長くはない、と言われなすったか」

「今のままでは、あと三月《みつき》とは持つまいと……」

女は唇を震わせると、着物の袂《たもと》で目頭《めがしら》を押さえた。

「何て医者です。その高名な蘭方の先生ってのは」

「下谷《したや》長者町《ちようじやまち》に、大きな診療所を構えていらっしゃいます、恵比野《えびの》拓庵《たくあん》先生です」

「おう、あの蘭方医なら腕は確かだろ。人柄の評判もいい。しかし大名家や大身旗本家に出入りする医者として知られていなさるから、診断《みたて》は安くあるまい」

「いいえ、診断料《みたてりよう》は、お取りにはなりませんでした。オランダ渡りの丸薬《がんやく》が高いので、薬料《やくりよう》だけでよい、と」

「蘭方の手術手技ってえのは確かに、大変優《すぐ》れていると聞くが、薬となると漢方だって引けはとらねえと思うがね。で、そのオランダ渡りの丸薬ってのは幾ら？」

「一粒五両でございました」

「なんと……」

「でも効きました。大層……」

「五朱の聞き間違いでは、ないんですかい」

「確かに一粒五両でございました。それでも大名家などの薬料よりは、かなり安くして下さいました。頑張るんだよ、と励まして下さったり」

「うむ。オランダからの買値《かいね》が、それだけ高いと言う事なのかねえ」

「あのう、宗次先生……」

「判ったよ。坊やの絵、描いてあげよう」

「描いて下さいますか。あ、有難うございます」

女はまた目を潤《うる》ませ、三つ指ついて深々と頭を下げた。

「で、坊やの名は？」

「それが、あの……申し訳ございません」

と言いつつ顔を上げた女の目は、真っ赤であった。

「ん……どうしなすったい」

「本当に、お気を悪くなさらないで下さいませ」

「お気を？」

「我が子の名は……あのう……宗次と申します」

「えっ、この浮世絵師宗次と同じ字綴《じつづ》りの名前ですかい」

「はい。字も全く同じでございます」

「そうでしたかい。でも、謝る事などありませんや。この大江戸にゃあ、同じ字綴りの名前の者なんざ五万といまさあ。べつに珍しくも特別に驚く事でもねえ」

「そう言って戴けますと、ほっと致します」

「お武家の御新造かなと見たが、そうでござんしょ」

「申し遅れ失礼致しました。私《わたくし》は、雉子橋通《きじばしどおり》小川町《おがわまち》に小屋敷を拝領致しております小十人組《こじゅうにんぐみ》百石旗本津留澤《つるさわ》新之介《しんのすけ》の妻、コトギと申しまする」

そう言いつつ再び軽く三つ指をつく、コトギであった。

宗次は、「百石旗本か、大変だなあ」と思った。小十人組百石旗本と言えば聞こえは良いが、百石の実質手取はその半分にも満たないことを、大名家や大身旗本家に出入りして浮世絵を描く事が少なくない宗次は、よく知っていた。

「百石取り旗本」とは、米百石の収穫がある土地を拝領している旗本、という意味であって、その百石の内の大体四割が旗本家に、六割が百姓にという「四公六民」の取分になっている。つまり旗本家は格別に百姓仕事をしている訳でもないのに、四十石を得ている訳だ。この四十石を精米すると当然減って大凡《おおよそ》三十五石くらい、つまり俵の数に換算して百俵くらいになる。

宗次は、やんわりとした口調で言った。

「言葉を飾らずに言わして貰《もら》って、よござんすか」

「それはもう……」

「百石取りのお武家で、一粒五両の蘭薬《らんやく》を、我が子に飲まし続けるのは、それはそれは大変でしたねい。何粒も買えなかったのでは」

「それでなくとも楽な家計ではありませぬゆえ、五十粒を与えてやるのが精一杯でございました。それも今では、もう一粒も残っておりません」

「二百五十両か……よくぞ都合できたと、感心しまさあね」

宗次は優しい眼差《まなざ》しで、五歳の子の母親であるコトギのやつれた瓜実顔《うりざねがお》を見つめた。

「一昨年《おととし》亡くなりました舅《しゅうと》が、若い頃から趣味道楽で集めておりました、平安鎌倉期の書画骨董《こっとう》などを売り払いまして……」

「なるほど。おそらく姑《しゅうとめ》のやりくりを悩ませて来たであろう舅の長年に亘《わた》る趣味道楽が、孫に役立ったと言う事ですねい」

「百石旗本と申しましても、精米した手取りは年に僅《わず》か三十五石前後でございます。このうち私共が十石は使いますので、金子《きんす》に換える事が出来ますのは、残りの二十五石程度」

「米の値段は上がり下がりが珍しくございませんから、ま、一石を一両に換えられたとしても、二十五両前後ってとこかねえ」

「その通りでございます。百石旗本は軍役の御定《おさだ》めにより、少なくとも槍持《やりもち》一人、中間《ちゅうげん》一人は抱えておかねばなりません」

「それに下働きの者も、一人や二人は要《い》りましょうよ」

「いま津留澤家では、下働きに年寄り夫婦を雇っております」

「都合四人の他人様を抱えていりゃあ、給金だ何だで年に五、六両は出て行きやしょう」

「はい。六両は要しましょうか。それにしても、よく御存じでいらっしゃいます」

「なあに、大名家や旗本家にも絵仕事で出入りしておりやすから」

「あのう、宗次先生。それで描き料の事でございますけれど……」

コトギが傍《かたわ》らに置いた風呂敷包みに手をやろうとすると、宗次は顔の前で右手を小さく横に振った。

「いらねえよ」

「え？」

「いらねえ。命短い、それも浮世絵師宗次と同じ名の坊やを描くのに、金など貰う訳にはいかねえやな」

「けれども、それでは余りに……」

「無理しなさんな。その風呂敷包みの中には、どうせ嫁入りの折に両親から贈られた、上物の西陣《にしじん》の着物でも入っているんでござんしょ。思い出や懐かしさが詰まった品は、大切に残しときねえ」

「宗次先生……」

「宗次坊やは、この浮世絵師が渾身《こんしん》の業《わざ》で描いてあげまさあ。安心して見守っていなせえ。宜《よろ》しいな」

「せ、先生……」

コトギは、自分の両手の甲の上に、突っ伏してしまった。嗚咽《おえつ》を漏らし痩《や》せた華奢《きやしや》な体を震わせた。

宗次は、誰に教わって此処《ここ》を訪ねて来たのか訊《き》きたかったが、「ま、いいか」と諦《あきら》めた。

二

「明日の朝早めに訪ねるから」と、コトギを安心させて帰した宗次は、その後を追うようなかたちで八軒長屋の荒屋《あばらや》を出て、長屋路地の溝蓋《どぶふた》を踏み鳴らしながら表通りへ足を向けた。

外濠《そとぼり》に面した表通りへ出て、大欠伸《おおあくび》を一つした宗次が顔を右に振ってみると、涙目の彼方《かなた》をコトギと判る後ろ姿が、武家屋敷の角を足早に曲がるところだった。雉子橋通小川町の小屋敷とかに残してきた〝宗次坊や〟のことが、気になるのであろう。

「小十人組百石旗本か……」

呟《つぶや》いて宗次は、コトギとは反対の方へ歩き出した。

小十人組がいかなる組織か、百も承知の宗次であった。

幕府職制の中で勢力を誇っている番方《ばんかた》は、武官筆頭と言われている大番六百余名、次に書院番五百余名、そして小姓組番《こしょうぐみばん》五百余名の、いわゆる「幕府三番」と称されている組織である。その次にくる第四勢力が小十人組の凡《およ》そ二百名だった。

小十人組は、「幕府三番」と共に、むろん武官である。〝いざ鎌倉〟の場合は将軍麾下《きか》の親衛隊となる訳であったが、平和時の今は江戸城本丸の「檜之間《ひのきのま》」に詰め、四時間ごと交替の任務に就《つ》く。また将軍が江戸城を出るような場合、前駆の役を負って警衛の任に当たるため、武芸に達者な者が少なくなかった。

「さあて……津留澤新之介なる旗本、いかなる人物かのう。いい夫、いい父親であってくれればよいが……」

小声を漏らして、何処《どこ》へ向かうのか、足を早める宗次だった。

外濠と結ばれている掘割口《ほりわりぐち》に架かった竜閑橋《りゅうかんばし》を渡り、外濠沿いに南へ足を向けながら、宗次は江戸城を眺《なが》めた。

堀の向こうの権力の牙城《がじょう》を、宗次は一度として描きたいと思ったことはなかった。もしも美しい天守閣が聳《そび》えていたなら、絵筆を取っていたかも知れないとは思うのだが、その天守閣は姿を消して今は無い。

明暦《めいれき》三年（一六五七年）一月十八日に生じた阿鼻叫喚《あびきょうかん》の大火（明暦の江戸大火）で全焼し、今以《いまもっ》て再建されていない。

死者は数万人。江戸の町の六割を失った凄《すさ》まじい大火であったが、天守閣は兎《と》も角《かく》として、町の景観は変わりはしたが大火の面影《おもかげ》を全く残さぬほどに力強く復旧している。

宗次は立ち止まって、堀に遊ぶ数羽の鴨《かも》を眺めた。その大きさで、親と子と判る数羽であった。

朝の日が、燦燦《さんさん》と堀に降り注いで、水面《みなも》が眩《まぶ》しい程《ほど》輝いている。

「穏やかな日よなあ……」

呟くと何故《なぜ》か、脳裏にコトギのやつれた瓜実顔《うりざねがお》が、浮かんで消えた。

歩き出した宗次は、やがて堀の向こう常盤橋御門《ときわばしごもん》を、ほぼ前に見る本町《ほんちょう》一丁目の角を曲がった。

活気のある大店《おおだな》や、中堅の店《たな》が、通りの左右に並んでいた。

宗次が一町ばかり行った時、釘抜紋《くぎぬきもん》の大暖簾《のれん》を表看板とした呉服《ごふく》店から、

「あ、これは宗次先生。今日は、どちらへ御出かけでございますか」と、四十前後の男が笑顔で小駈《こが》けに出てきた。

あたりの店を圧する大店だ。

今この江戸では、呉服・太物の商《あきな》いが大変な勢いである。「江戸の町経済」の下支えになっている、と言っても誤りではない。

「や、手代《てだい》さん。実は、お宅の店を訪ねて参ったのですよ」

宗次のいつもの〝べらんめえ調〟は、大人しくなっていた。

「おや先生、それは丁度ようございました」

「と言う事は、もしや大旦那《おおだんな》が伊勢松坂《いせまつさか》から？」

「はい。参っております」

「それはそれは。久し振りに、お会いさせて下さいな」

「ささ、どうぞ。大旦那様も先生のお顔を見ると、喜びましょう」

宗次は、実直な人柄で気に入っている手代頭《がしら》の後に、従った。

江戸に於《お》いては今、常盤橋御門口から大伝馬町《おおでんまちょう》にかけてのいわゆる「本町通《ほんちょうどおり》」が、最も活気に満ちた商いの中心地（今で言う商店街）であった。数十の呉服店太物店が立ち並んで、なかには間口二、三十間《けん》に及ぶ大店も見られる。

宗次が、手代頭に従って潜《くぐ》った釘抜紋の暖簾の大店は、その中でも群を抜いて大きい。場所は間近に江戸城を眺める、本町一丁目の一等地（現在の日本橋三越《にほんばしみつこし》近く）。

店の名は『越後屋《えちごや》』。

「あ、宗次先生。おはようございます」

「宗次先生、ようこそいらっしゃいました」

商人の基本となる作法を忘れていない、越後屋の働き者たちであった。教育・躾《しつけ》がよく行き届いていた。だからこそ、大店としての越後屋が今日《こんにち》あるのだろう。

宗次は手代頭に案内されて、長い廊下を奥座敷へと向かった。

その奥座敷へ案内されるのは、初めてではない宗次である。したがって、部屋の向きや、造り構えはよく承知していた。

手代頭の足が止まったので、宗次も五、六歩後ろで静かに足を止めた。

「大旦那様……」

手代頭が腰を下げつつ障子の向こうへ声を掛けると、直《す》ぐに答えがあった。

武者を思わせるような響きの、重い声だった。

「宗次先生がお見えになりましたので、ご案内致しました」

「おう、宗次先生がな。入って戴《いただ》きなさい」

「はい。障子を開けさせて戴きます」

「構わぬよ。さ、お通ししなされ」

手代頭は障子を開け、座敷の中へ向かって軽く頭を下げてから、宗次に視線を移し「どうぞ……」と促した。

宗次が座敷に入っていくと、帳簿を山積みにした大きな文机《ふづくえ》の前に五十半ば過ぎの、眼光どことなく鋭い恰幅《かっぷく》のよい男――と宗次が初対面の時に感じた――が座っていた。

「やあやあ宗次先生。お久し振りですね。さあさあ、お座りください」

穏やかな笑みを見せて、自分の前を勧める大旦那だった。

手代頭が障子をそっと閉めて、退《さ》がった。

「七、八か月振りくらいでしょうか。いつ伊勢松坂からこちらへ？」

と応じつつ、宗次は越後屋の主人《あるじ》の前に腰を下ろした。

「昨日の朝、着いたばかりでございますよ。今朝手代頭と、宗次先生のお住居《すまい》を鎌倉河岸へお訪ねしてみようか、と話しておりましたところで」

「そうでしたか。では半刻《はんとき》ばかり、お時間を頂戴《ちょうだい》しても宜《よろ》しゅうございますか」

「なにを水臭い事をおっしゃる。この襖《ふすま》の……」

と言いつつ後ろへ上体をひねって、閉じられた襖八枚を右手人差《ひとさ》し指《ゆび》で指《さ》し流し、

「これの端から端までを先生の見事なる絵で埋めて戴くまで、越後屋は諦《あきら》めませぬぞ先生」

「はい。それなんですが……」

「宗次先生がお忙しいのは、ようく承知しております。ですから半年でも一年でも待ちますよ」

「いえ。次の月頭《つきあたま》からでもと……」

「おっ、始めて下さいますか先生。それは楽しみな」

と、思わず目を細める越後屋の主人《あるじ》だった。

「そこで、少し我《わ》が儘《まま》な御願いがあるのですが……」

宗次は座っていた位置から、やや退がって、畳に軽く両手をついた。

とたん、越後屋の主人《あるじ》は、真顔となった。

「宗次先生、お止《よ》しなされ。今や先生はその若さで大名家、大身旗本家へ出入りなさる程の大家。その御才能、百年に一度出るか出ないか、と言われている御方。軽軽しく畳に両手などつくものではありません」

「で、ありますが……」

「聞きましょう先生。さ、も少し前へ。一体何がどうなされました」

「絵の代金を、先払いして戴けませぬか」

「ん？……これはまた先払いとは驚いた。先生が女遊びや博打《ばくち》に首を突っ込んで狂っているなどという噂《うわさ》は、耳にした事がありませんぞ」

「いや。そのような薄汚れた目的での頼みでは決して……」

「ふうん……」

越後屋の主人《あるじ》は、宗次の顔をじっと見つめた。

宗次も見返した。

「で、幾らご入用です？」

「お任せ致します」

「お任せ？……では私が一両だと言ったら、どうなさいます」

「一両では、ちと困ります」

「宗次先生は、商売人には向いておりませんなあ」

にこりともせずに言った越後屋の主人《あるじ》は、再び背後の襖八枚を振り向き見た。上体をひねった姿勢が、しばらく続いたあと、姿勢を正して越後屋の主人《あるじ》は言ってのけた。

「手付金として二百両……それの先払いでどうです。それとも、もっとお要《い》りなさるか」

「二百両、誠に有難い。助かります」

宗次は頭を下げた。すると越後屋の主人《あるじ》は、付け加えた。

「二百両は越後屋として商《あきな》い帳簿から出しましょう。それに、あと百両。これは越後屋の主人《あるじ》、三井八郎兵衛高利《みついはちろうべえたかとし》の懐《ふところ》から私個人の見舞金として、出させて貰《もら》います」

「見舞金……」

「誰かを助けようとなさっておられるのでしょう。先生の御気性《ごきしょう》は顔に出やすい。焦《あせ》りが見えております。この八郎兵衛の目は、誤魔化《ごまか》せません。他ならぬ大好きな先生や、この三井八郎兵衛高利、お力になりましょう」

「申し訳ない、三井殿」

宗次は、もう一度頭を下げた。

「気を付けなされや宗次先生。ところどころに侍言葉《さむらいことば》が出ておりますよ。先生は町人絵師ではありませぬな」

「…………」

「ま、そのような事は、どうでも宜しい。三百両、急ぎますな」

「はい」

「では直ぐにも、三百両を手に目指す場所へ駈けつけなされ。その後で、この三井八郎兵衛高利と、絵について細かい打合せをして下さいましょうな」

「必ず……」

「よっしゃ」

深深と頷《うなず》いて、「誰ぞ……」と障子の向こうへ手を打ち鳴らす越後屋の主人《あるじ》であった。

三井八郎兵衛高利——伊勢松坂に八人兄弟の末子として生まれ、十四、五歳の頃から天稟《てんぴん》なる商才をぐんぐん発揮して、今や江戸、京に押しも押されもせぬ大店を構える大商人（五十八歳）である。

この人物こそ、後《のち》の「三井財閥」の基盤を強固に築き上げた事実上の創始者であるのだが、さしもの浮世絵師宗次こと徳川宗徳《むねのり》も、当の八郎兵衛自身も江戸、京の大店が、そこまでの巨大組織に発展するとは、予想だにしていなかった。

三

雉子橋通小川町の百石旗本の屋敷前で足を止めた宗次は、「こいつぁ……」と眉《まゆ》をひそめた。

板塀で囲まれた敷地百数十坪くらいかと思われる屋敷は、傷《いた》みが激しく明らかに生活の困難さを物語っていた。申し訳程度に板葺《いたぶ》き屋根を乗せた質素な造りの表門などは、右へ僅《わず》かに傾いて、しかも柱は捩《ねじ》れている。見るからに危ない。

表札は無かったが、コトギから聞いていた屋敷の特徴などから、小十人組津留澤新之介の屋敷であることに間違いはなかった。

門全体が傾き歪《ゆが》んでいるから、門扉《もんぴ》は閉じられないのであろう。

宗次は開けっ放しの表門を、足音を立てぬように潜《くぐ》った。

静まり返った屋敷だった。使用人の気配など、伝わってこない。

表門から七、八間《けん》先の玄関までは、用心のためか凡《およ》そ三尺幅で玉砂利が敷き詰められている。踏むとジャリッとかなりの音で鳴るから、開けっ放しの表門から誰かが入った事が判る。

宗次は玉砂利を踏むのを避けて進み、玄関式台《しきだい》の前に立った。

玉砂利を避けたのは、心の臓を著《いちじる》しく悪くしていると聞く、宗次坊やへの配慮だった。

「ご免下さいまし」

まさに、そう声を出しかけた宗次の表情が、「ん?」となって声が喉《のど》の下に溜《た》まり、危うく咳《せき》込《こ》みそうになった。

宗次は耳を澄《す》ました。気のせいではなかった。奥から女の啜《すす》り泣きが、微《かす》かに聞こえてきた。

小さな屋敷だから、庭先すぐその辺りの座敷からであろうと読んで、宗次は玄関の右手へと回り込んだ。

庭のほとんどが、畑となっていた。出来は、良くは見えなかった。枯れたまま放置されている畝《うね》が目立つ。

が、宗次が思わず、「おっ」と目を見張る畝があった。

茄子《なす》が、たわわに実っていた。やや丸みがあって遠目には、まるで果物のように見えなくもない程だった。

（ふーん。あんなに丸みのある茄子は、はじめて見るなあ……）

と思いながら、井戸のそばまで来て宗次の足が止まった。

矢張りコトギが広縁《ひろえん》に出て、崩れて座った肩を震わせ泣いていた。

その後ろの座敷の寝床で、宗次坊やと思われる男の子が、天井を眺《なが》め息が荒い。

枕元の盆の上には、水差しと茶碗《ちゃわん》がある。

宗次はコトギに声も掛けずに座敷へ飛び込むや、宗次坊やに膝枕《ひざまくら》を与えて、持参した一粒五両の蘭方丸薬を口に入れてやった。

「男の子だろ。嚙《か》んで飲み下しな」

男の子は荒い息のなか、丸薬を嚙み潰《つぶ》し、苦《にが》みで顔を歪《ゆが》めた。

「よしよし……」

宗次は、茶碗に水を満たして飲ませてやると、小さな体を横たえて布団を掛けてやった。母親似の顔の色は、やや土気色《つちけいろ》だ。

広縁から宗次の脇に移り寄って涙ながら一部始終を眺めていたコトギは、事情が飲み込めず茫然自失《ぼうぜんじしつ》の態《てい》であった。

「兎に角、恵比野先生の丸薬を一粒与えた。さ、これは残りの五十九粒だ。受取りなせえ」

「こんなに沢山の高価な丸薬を……宗次先生、これは一体……」

「訳《わけ》など、どうだっていいやな。いちいち話すのは面倒くせえ。さ、受取りなせえ」

それだけでも高価であろうガラス瓶《びん》。そのガラス瓶に入った五十九粒の丸薬を、宗次はコトギの荒れた手に摑《つか》ませた。

「恵比野先生は、こう言ってらした。症状の悪い時に一粒を飲ませた翌日、様子が落ち着いていたなら、今度は一粒を半分に割って、二日に分けて飲ませてみてほしい、とね。高価な薬を少しでも長く持たせようと、考えて下さっているようだ」

「は、はい。でも、宗次先生……」

「うるさい事は言いっこ無しにしましょう。目が回るほど忙しい恵比野先生のようだが、五日に一度は診《み》に来て下さる。安心しな、診断料《みたてりよう》は、お取りにならねえ」

「………」

「その五日の間に大事があっちゃあいけねえから、湯島《ゆしま》三丁目の柴野南州《しばのなんしゅう》先生が、間を埋めるかたちで二度ばかり訪れてくれやす」

「あ、〝白口髭《しろくちひげ》の先生〟でございますね。存じ上げております」

「柴野先生も優れた蘭方医でいらっしゃる。両先生とも、二人協力して宗次坊やを診る事については、快《こころよ》く承知して下さった。むろん、柴野先生も診断料《みたてりよう》はお取りにならねえ」

「有難うございます。本当に有難うございます」

畳に両手をつき、深深と頭を下げて礼を言うコトギであったが、宗次は「はて?……」と思った。欲しかった筈《はず》の高価な丸薬を手にしたというのに、コトギの表情は、もう一つであった。

心ここにあらず、が表情の端に出ている、と宗次は読んだ。

「御新造さん、どうしなすったい」

「え……」

「また何か、新しい心配を抱えなすったか」

「い、いいえ、それは……」

「この浮世絵師宗次に、言ってしまいなせえ。こうして宗次坊やに、関《かか》わりを持つようになった私《あっし》だ」

「……………」

「一人で抱え込むから結構です、ってんなら構やしねえが」

「家宝にしていた品が盗まれてしまいました」

コトギが聞き取り難《にく》いほど、小さな声で呟《つぶや》いたので、宗次は思わず御新造の方へ耳を傾けた。

「盗まれたって、何の家宝です?」

「……………」

「この浮世絵師宗次は町奉行の役人とも付き合いがありやす。力になれるかも知れやせん」

「掛け軸が二本……」

「掛け軸……ですかい。誰が描いた物《もん》です？」

「二本とも……厩戸皇子《うまやどのおうじ》です」

「な、なんですってい」

宗次は背筋を反《そ》らし目を見張って驚いた。コトギは正気か、とも思った。それほどの驚きであった。

厩戸皇子《うまやどのおうじ》（五七四年〜六二二年）――後《のち》になって「聖徳太子《しょうとくたいし》」と呼ばれる人である。父は用明《ようめい》天皇（第三十一代。仏法・神道を尊重）、母は皇后穴穂部間人《あなほべのはしひと》で、「聖徳」の称号は慶雲《けいうん》三年（七〇六年・第四十二代、文武《もんむ》天皇期）の頃、つまり厩戸皇子の没後に定まったとされている。

生まれて間《ま》もなく話し始め、長じては十人の話を一度に誤る事なく聞き分け、儒教や仏法に優れ、推古《すいこ》天皇（第三十三代、女帝）の摂政《せっしょう》にあって国政全般を指揮した歴史上の大人物だ。

今より一千数十年も昔、飛鳥《あすか》・推古朝の時代を卓越した手腕で支えた、その大人物の掛け軸が、津留澤家から盗まれたとコトギは告げたのである。

宗次が仰天《ぎようてん》するのも無理はなかった。

「いま仰《おつしや》ったこと、本当ですかい。失礼だが、驚きが大き過ぎやす」

「本当です。いいえ、本当だと信じております。夫《おつと》新之介は誠実な人で、私に対し決して、偽《いつわ》りの品を正真《しようしん》だと申すような人ではありません」

「厩戸皇子と言いやすと、つまり……」

「聖徳太子だという事は、むろん存じております」

「で、掛け軸には何が書かれていたんでござんすか」

「盗まれた二本とも、掛け軸としては、やや幅広でございまして、一本には斑鳩寺《いかるが》（法隆寺《ほうりゆう》）がそれはそれは見事な水墨画で……」

「ううむ。斑鳩寺は仏教の普及に大きく貢献した、厩戸皇子の発願《ほつがん》で建立《こんりゆう》されたと言いやすから、筋は通ってない事はありやせんね。描《か》き名《な》は、記されておりやしたか」

「上宮聖王《かみつみやしようおう》、とございました」

「ほう……」

宗次の表情が硬くなった。「こいつぁ、本物かも知れねえ」と思ったが口には出さなかった。

厩戸皇子は幾つかの名を持っていて、その内の一つが余り市井《しせい》には知られていない上宮太子《じょうぐうたいし》であることを、宗次は知っていた（宮殿跡地名・奈良県桜井《さくらい》市上之《うえの》宮《みや》）。

「それで、もう一本の掛け軸には？」

「漢文で、和《わ》を以《もっ》て貴《たっと》しと為《な》し、忤《さか》ふること無きを宗《むね》と為《せ》よ。人皆《みな》党有り、亦達《またさと》れる者少し……などと流れるような書体で書かれておりました」

「それって、厩戸皇子の作と伝えられている、十七条憲法《じゅうしちじょうのけんぽう》とかの第一条ではござんせんか」

「はい、そうです。夫からは、そう教えられております。それにしても、宗次先生は色色とよく御存じでいらっしゃいますね」

宗次坊やの呼吸が少し落ち着きを見せ始めたせいか、コトギの深刻だった表情が、ほんの少しだが緩《ゆる》み出していた。

「いやなに。私《あっし》の仕事は、この程度の事は学んで知ってなきゃあいけませんせんのさ。それにしても、厩戸皇子作の二本の掛け軸も、亡き舅《しゅうと》さんの趣味道楽で集めたものでござんすか」

「いいえ。その掛け軸は、経緯については存じませぬが、四代ほど溯《さかのぼ》った頃より津留澤家に伝わるものと、夫より聞かされております」

「なるほど……。確かに、経緯を判ろうとするには、余りにも盗まれた品の時代が古過ぎますさあね」

「夫は特に、十七条憲法の第一条が書かれた掛け軸の方を、大層気に入っておりました」

「十七条憲法と申しやすのは、ま、ご存じかも知れやせんが、推古朝廷が臣下《しんか》の諸豪族に対して示した、任務・道徳規律のようなものでござんす。当時の清《しん》国隋《ずい》や朝鮮諸国との外交の舞台で、推古朝廷は恐らく十七条憲法でわが国の政《まつりごと》治の理念を示したかったのでござんしょ」

「いくら優しい夫でも、留守《るす》を預かる私《わたくし》は、厳しく叱《しか》られましょう。あの家宝は、やりくりが大変な津留澤家にとりまして、最後の砦《とりで》でございましたので」

「まあねえ……怒りなさるかもなあ」

「二本の掛け軸を然《しか》るべき相手に売れば、百両や百五十両にはなろうと夫は申しておりました。小十人組の旗本家が盗人《ぬすっと》に入られたなど、もし上役の耳に入らば、夫の恥となります」

「ちょいと、お待ちなせえ、御新造さん。いま、百両や百五十両と言いやしたね」

「は、はい」と、コトギは宗次の顔から視線を外さない。

宗次坊やの方は寝息をたてはじめている。

宗次は天井を仰いで、溜息《ためいき》を吐《つ》いた。

厩戸皇子の直筆であることが違いなければ、（安く見積もっても掛け軸一本で三千両……）と読んでいる宗次であった。それを小十人組旗本、津留澤新之介は、百両か百五十両と踏んでいるという。

「ふう……大金だ」

と呟いた宗次であったが、御新造や夫新之介の前では、まかり間違っても「安くて三千両」はとても口に出来ねえ、と自分に言い聞かせた。三千両と聞けば夫は逆上して妻の首を刎《は》ねるかも知れないし、そうはならなくとも、責任を感じたコトギが宗次坊やを道連れに自害に及ぶ恐れはある。

ちょっと考え込む様子を見せてから、宗次は切り出した。

「御新造さん、こう致しませんかね。宗次坊やが余りに苦しむのを見かねて、たとい高額であっても坊やの姿絵を依頼する積もりだった私《あっし》の所へ、掛け軸二本を手に必死の態《てい》で相談に来なすった。私《あっし》は子を思う母心に打たれて、掛け軸二本を信頼できるさる大店の主人《あるじ》に、決して流さねえ事を条件に預け、三百両を都合して貰《もら》い、丸薬六十粒を下谷長者町の恵比野拓庵先生から戴いた。これで暫《しばら》く逃げ切りませんかい」

「それでは宗次先生に、大変な御迷惑をお掛けしてしまいます」

「乗り掛かった船だあな。その間にね、津留澤家の名を表に出さないかたちで町方に動いて貰って盗人野郎を追い詰めて貰いまさあ。なあに、滅多にお目にかかれない掛け軸だ。案外早くに見つかるかも知れませんぜ」

「本当に、お言葉に甘えても宜しいのでしょうか」

「甘えなせえ、甘えなせえ。それから坊やの姿絵だが、丸薬でもう少し体力が戻ってからに致しやしょう。その方がいい」

「はい。何から何まで有難うございます」

「ところで掛け軸があった部屋というのは？」

「隣に続きます主人の居間の床の間に十七条憲法が掛けてございまして、その掛け軸の下に、もう一本を化粧箱に入れて置いてございました」

「ちょいと覗《のぞ》かせて貰ってよござんすか」

「どうぞ……」

　宗次は坊やの寝顔を見ながら静かに腰を上げると、隣の座敷との仕切り襖《ぶすま》を、やはり坊やの様子を気にかけながら、そっと引いた。

　飾り気の無い簡素な座敷だった。何も掛かっていない床の間。四、五冊の書物が積み重ねられた、小さな古い文机《ふづくえ》。文机の端に乗っている燭台《しょくだい》。それだけの部屋であった。日当たりだけはいい。

「判りやした。それじゃあ私《あっし》はこれで失礼致しやしょう」と、宗次は襖を閉めた。

「色色と助かりましてございます。感謝の言葉もございません」

そう言いながら腰を上げようとするコトギを、宗次は、「坊やのそばにいてやりなせえ」と制した。

頷《うなず》いたコトギの目は潤《うる》んでいた。泣きたいのを、こらえている表情だった。

「お城勤めから戻られた主人殿《あるじどの》には、上手《うま》く言いなせいよ。肩の力を抜いてな」

「はい」

「気をしっかり持って待っていなせえ。必ずいい返事を届けやすからね」

「宗次先生……」

「へい」

「どうしてそのように私共に、お優しくして下さるのですか。ご迷惑が膨らむばかりでございますのに」

「御新造さんの心が綺麗《きれい》だからでござんすよ。心が」

そう言い残して、宗次は座敷から広縁に出て、雪駄《せった》を履《は》いた。

母性の優しさというものを知らずに育った、浮世絵師宗次であった。

足早に離れていく宗次の背中に向かって、コトギは三つ指をついて額が畳に触れるほどに下げた。

目尻の涙の粒が、いまにもこぼれ落ちそうだった。

庭先で小雀《こすずめ》が囀《さえず》った。

四

翌翌日の夕方、浮世絵師宗次の姿は、下谷池之端《したやいけのはた》の居酒屋『兆助《ちようすけ》』にあった。奥の小上がりの席で一人ぐい飲み盃《さかずき》を傾ける顔が、宗次にしては珍しく疲れ切っている。それに焦《あせ》りのようなものが、表情の片隅に覗《のぞ》いていた。

表立っては売買できない書画骨董《こつとう》の「裏流し」の世界では、かなり顔の利《き》く宗次であった。

しかしながら、「ひょっとしたら心当たりくらいは……」と、昨日今日《きのうきょう》期待して当たった裏流しの顔役たち十四人が、十四人とも全くの的外れだった。

このところ裏流しの世界に対する町方の探索が極めて厳しくなっており、流した額によっては、打ち首獄門という曽《かつ》てとは比較にならぬ重罰《じゆうばつ》が言い渡されたりする。

一昨年辺りから量刑が全般にわたって、重くなる傾向を強めている。

そのためもあってか、この闇社会の今は底冷えの状態にあった。

「ちょいと……参ったな」

呟《つぶや》いてゆっくりと、ぐい飲み盃を口に運ぶ宗次だった。

この二日の間、東へ西へ北へと裏流しの十四人に当たるため、かなり歩き回って、雪駄《せった》の鼻緒《はなお》が食い込む足指の間が、いささか痛くなり始めていた。

「俺《おれ》の体も、このところ鈍《なま》ったかねえ」

そう言えばこのところ修練竹刀《しない》を手にしていない、とブツブツこぼす宗次であった。

『兆助』の主人《あるじ》吾助《ごすけ》（四十六歳）が、小皿二つを手に宗次のところへ、やって来た。

「どしたい宗次先生よ。今日は御機嫌《ごきげん》斜めみたいな顔だあな」

そう言いつつ、小鰯《こいわし》の煮つけと、煮豆を盛り付けた小皿を、座卓——と言っても四本の脚に粗磨《あらみが》きの薄板を釘止めした程度のもの——の上に置いて自分も腰を下ろす吾助だった。

「今日は疲れた。朝の早くから歩き回ったんでよ」

「売れっ子浮世絵師は辛《つら》いやね。あちらこちらの綺麗所《きれいどころ》から、お呼びでござんしょ」

　宗次はそれを聞き流して、

「吾助さん、なんだか今日は、妙に客が少なくないかい」

「そうよ。五日に一度くらいは、何故だか判らねえが、こんな日がありやがってね」

「ふうん……」

「今夜は儂《わし》も少し飲むかな。相手をさせて貰って、いいかえ」

「飲みねえ」

「よっしゃ……」

　吾助は頷《うなず》くと、板場で所在無げに欠伸《あくび》をしている一つ年下の女房スミに
「母《かあ》ちゃん……」と声を掛け、こちらを見た女房に、盃《さかずき》を口へ運ぶ真似《まね》をして見せた。

スミがぐい飲み盃と熱燗《あつかん》を手にやって来た。このスミから思いがけない話を聞かされるなど、予想だにしていなかった宗次だった。

「宗次先生、今日はまた冴《さ》えない表情《かお》だね」

そう言って、空になっている宗次の盃に、スミが熱燗の酒を満たした。

吾助が宗次の前にある、ぬるくなった徳利《とつくり》を引き寄せ、黙って手酌《てじやく》をする。

「私《あつし》も不死身《ふじみ》じゃねえんで、冴えない日もありまさあ女将《おかみ》さん」

「悪い事の方が多い世の中だからねえ」

「全くだ……本当に全くだよ」

「でもね先生。うちの長屋で昨夜《ゆんべ》、ちょいと良《い》い事がありましたのさ」

丸顔のスミが声を低くして、小上がりの端へ腰をのせた。

「先生だから大丈夫だが、余り誰彼に漏らすんじゃねえぞスミ。面倒なことに、なりかねん」

吾助が軽く女房を睨《にら》んだ。

「なんだね。いい事って」

宗次も声を低くして、スミと目を合わせた。

「一軒置いた隣の腕のいい真面目《まじめ》な左官職人がさ、一月《ひとつき》ほど前に足場から滑り落ちて右腕と左脚の骨を折り、未《いま》だ医者の世話になり日銭を稼げない状態でね」

「そいつあ気の毒だな。女房持ちかい」

「所帯持ってるよ。けんど六歳になる一人娘が生まれつき体が不自由でさあ」

「なに……」と、口へ運びかけた盃を、宗次は座卓へ戻した。

吾助が横から、話の先を小声で受け継いだ。

「その左官、河吉《かわきち》ってんだが神様みてえに人の善《い》い奴《やつ》でねえ。その女房チヅエがこれまた人に好かれる気性ときているもんだから、長屋の連中の同情を集めてよう」

「亭主は一人で動けねえ、幼い一人娘は体が不自由となると、女房が代わりに働きに出るって訳にもいかねえな」

「それよ。でね、長屋のもんが時に額《ひたい》を寄せ合って小銭《こぜに》を集めて手渡してやるんだが、それにも限度があらあな。皆《みんな》その日暮らしの貧乏人だからよ。この兆助だって安くねえ店賃《たなちん》を払わなきゃあならねえ立場だから、店の煮炊き物《にたきもの》の残りを何日かに一度持ってってやるくらいの力しかねえわさ」

「うん、わかる」

宗次は、そこで盃を空にし、スミが荒肌《あれはだ》の手を差し出して空になった盃に酒を満たした。徳利がトクトクトクと鳴った。

「このままだと間《ま》もなく親子三人は干乾《ひぼ》しになる、と長屋の貧乏連中が心配していたら、来たんだよう先生よう」

「何が」

「何がって、決まってんだろうが。あれだよう、あれが来たんだよう」

「え……と言うと……例の？」

「そう。暗闇《くらやみ》小僧が遂《つい》に現われやがった」

「今朝チヅエさんがねえ……」

と、スミが亭主吾助から話の先を奪って、さらに囁《ささや》き声になる。

「目を覚《さ》まして井戸端へ行こうと外へ一歩出たらさ。家の前に真新しい手押し車と、その車の中に五両の紙包みと〝暗闇〟の書き置きがあったから、チヅエさん腰を抜かしちまってさあ」

「そうか。この一年ばかり人の噂から消えていたが、遂に動き出しやがったか暗闇小僧め」

宗次の目が座卓の一点を見つめて、一瞬だが鋭く光った。

暗闇小僧の噂がこの大江戸で囁かれ始めたのは、凡《およ》そ三年ほど前からだった。豪商や武家屋敷に狙いを定めて金を奪い、その金を大病や大怪我《おおけが》で生活に余程困っている貧しい所帯へ〝暗闇〟の書き置きと共にそっと恵んでやる……つまり、「よっ、義賊《ぎぞく》!」と市井《しせい》の人人から喝采《かっさい》を浴びている〝一人盗賊〟であった（時代を約百五十年下った江戸後期の義賊 鼠小僧次郎吉《ねずみこぞうじろきち》、別名次郎八、次郎太夫の墓は両国《りょうごく》二丁目回向院《えこういん》に実在）。

しかし暗闇小僧、この一年ほどは何故か、人の噂に上る事はなかった。

「で、五両と手押し車の驚きをチヅエさんて女房は長屋の誰彼に喋《しゃべ》ってしまったのかい」

「そんなお喋り女じゃないよう。一番に一軒置いて隣の私ん家《ち》へ駈け込んで来たんで、吾助が絶対に口に出しちゃいけねえ、っと何度も強く念を押してさあ」

吾助が頷《うなず》いて、あとを続けた。

「義賊から貰った金とは言っても、他人様《ひとさま》の金だわさ。町方に知れたら問答無用で召《め》し上げられ、それこそ干乾し状態の親子三人は今日明日にも息を止めちまわあ。そう思って強く口止めしたんだが、まずかったかなあ先生よ」

「体の不自由な幼子《おさなご》のために、手押し車まで作ってくれたってのは、暗闇小僧め泣かせやがるねえ。胸にジンとくらあな」

「それがよ。見たところ素人作《しろうとづく》りには見えねえんだ。ありゃあ、一人前の職人が丹誠《たんせい》こめて作ったに違いねえ。実によく出来ていやがるんだ」

「吾助さんよ、それにスミさん。俺は今の話、聞かなかった事にしておくよ。俺には付き合いのある町方同心もいるし、名を知られた十手持ちの親分衆もいるからよ。さてと、ぼちぼち帰るとするか」

「なんだ、もう帰るのかえ」

宗次は着物の袂《たもと》に右手を入れると、二朱金一枚（八枚で一両）を取り出し、座卓の上にパチリと鳴らして置いた。

「つり銭はいらねえや。何か格別に旨《うま》い物《もん》でも作ってよ。その体の不自由な幼子《おさなご》の所へ運んでやってくんねえ」

「わかった。そういう事なら、この二朱金遠慮なく受け取っとくよ」

「また来る」

「次は儂《わし》とスミの奢《おご》りだ。いつでも来なせえ」

「待ってますよ宗次先生」

宗次は吾助とスミに見送られて、『兆助』を後にした。

月夜になっていた。

江戸の夜は墨を塗ったように真っ暗闇となるため、月の出は人人にとって大層有難いものだった。また、こういう明るい夜は、意外な事に辻斬りも好んで出没すると言うから、江戸の夜は安心ではない。

宗次は腕組をし、歩き歩き考えた。

頭の後ろから、暗闇小僧の四文字が消えなかった。

あの暗闇野郎がもしや津留澤家から、という思いが湧き上がってくる。

だが暗闇小僧が書画骨董など、つまり品物に手をつけたという話は聞いた事がない。

（義賊を気取りやがる盗賊なら、足が付き易《やす》い品物には手を出さねえとは思うが……しかし、何しろ三千両は下らねえ掛け軸が二本だ）

そう思って月夜の空を仰いで足を止め、溜息《ためいき》を吐《つ》く宗次だった。

（なんてったって盗賊野郎だ。手に入れた掛け軸一本が三千両を下らねえなど、気付きもしねえとは思うが……）

宗次は、もう一度溜息を吐いて、また歩き出した。

長屋に挟まれた緩《ゆる》い坂道を下り切り、小さな神社の角を右へ折れると山相《さんしょう》宗自念《しゅうじねん》派市竜《いちりゅうじ》寺の出組四足門《でぐみよつあしもん》に突き当たるかたちとなる。

その四足門の前まで来たとき、いま過ぎて来たばかりの道、つまり後ろから「おい」と太く低い声が掛かって、宗次は振り向いた。

その辺りの物陰にでも潜んでいたのか。

考え事をしていた宗次は、それと気付かなかったので思わずチッと小さく舌を打ち鳴らした。

月明りの下に、一人の浪人が立っていた。着ているものは月明りの下でもその日暮らしの貧しさと判るよれよれだが、偉丈夫《いじょうふ》だった。凄《すご》い目つきだ。

「何《なん》でござんしょ」

「少し置いてゆけ」

「何を」

「ふざけるな。少し置いてゆけ、と言えば判るだろう」

「はて……」

「貴様、小便臭い町人の分際で武士を愚弄《ぐろう》する気か」

「けっ。何様だと思ってやがんだ、このアホ」

「な、なにっ」

「手前《てめえ》なんぞに小便呼ばわりされたくねえよ、この三一《さんぴん》があ。ここ市竜寺の境《けい》内《だい》にある池を水鏡にして、その未熟な手前の面《つら》あ映してから、アレコレこきやがれってんだ半端者《はんぱもん》め」

「ゆ、許さん」

抜刀《ばっとう》するや偉丈夫浪人は、真《ま》っ向《こう》から宗次に斬りかかった。

とたん、宗次の平手打ちが飛んで偉丈夫浪人の左右の頬《ほお》が、紙風船が破裂したような乾いた音を立てた。

まるで問題にならない。

浪人は首を右へ捩《ねじ》った状態のままひっくり返るや、呆気《あっけ》にとられたような顔つきで宗次を見つめた。たちまち垂れ落ちる二《ふた》すじの鼻血。

「なあ、お前《めえ》さんよ。侍がどれほど偉いか知らねえが、あんまし威張《えば》るんじゃねえやな。今や町人の中にも、侍より偉《えれ》え立派な人間が、大勢いる世の中なんだ。二刀を腰にしているからって、上から下を見下《みくだ》したような人《ひと》を嘗《な》めた物の言い方をするんじゃねえ」

「…………」

「お前《めえ》さん、今は浪人だろうが。元は藩の侍かえ、それとも幕臣かえ?」

「……幕臣……だった」

力なく言って浪人は、へたり込んだ姿勢のまま、がっくりと項垂《うなだ》れた。

「そうかえ。何があって浪人になったかは知らねえが、重い二刀なんぞ捨ててよう。思いっ切り汗水流して働きなせえ。この大江戸は、身を粉《こ》にする働き者《もん》を決して見捨てやしやせんから」

そう言い残して、宗次は浪人から離れた。

どれ程か行って振り返ってみると、偉丈夫はまだ月明りを浴びて、しょげ返っている。辻斬りで稼ぐどころか、一瞬のうちに〝町人〟に張り倒され余程に参ってしまったのだろうか。

宗次の脳裏で、偉丈夫にも恐らくいるであろう妻子の姿が浮かんで消えた。着物の袂《たもと》に手を入れた宗次は、小粒を指先に抓《つま》んで引き返しかけたが、（けっ、甘やかす年齢《とし》でもねえか……）と、情《なさけ》を冷《ひ》やした。

五

翌朝五ツ半ごろ宗次は、江戸大工の長老的存在である大棟梁《だいとうりよう》東屋甚右衛門《あずまやじんえもん》（八十二歳）の神田屋敷へ足を向けた。数名の腕利き棟梁と、その下に大工、左官、鳶《とび》、屋根葺《ふ》き職人、石・材木職人、御用伺《ごようかが》い（営業担当）など総勢二百名近い職人を擁《よう》する東屋甚右衛門であったが、腰の低い苦労人で知られている。

大棟梁として成功し、八十二歳の今になっても、その地位立場に甘えたり、ふん反《ぞ》り返《かえ》ったり油断したりするようなところは全く無く、「大工も商《あきな》いじゃ。東屋《あずまや》の者《もん》は、職人業《わざ》も一番、お得意先回りも一番、でなくちゃあいかん」の家訓で、二人一組の「御用伺い」を毎日、市中の得意先回りで歩かせている。

この「御用伺い」こそが、業師《わざし》集団東屋の力強い〝縁《えん》の下《した》〟であった。

「や、宗次先生。ようこそ訪ねて下すった。さ、どうぞ上がっておくんない」

訪ねた宗次を玄関口に出迎えて、東屋甚右衛門は上機嫌で目を細めた。八十二歳ながら長年荒仕事で鍛えた心身は、未《いま》だ矍鑠《かくしやく》たるものだった。が、さすがに第一線は、若い者《もん》に任せている。

宗次は朝陽《あさひ》がいっぱい差し込む明るい広間へ案内され、床の間を左に見るかたちで、東屋甚右衛門と向き合った。隣座敷との間を仕切っている襖《ふすま》四枚の端から端には、はじめて写実的繊細画に挑んだ宗次が凡《およ》そ一年かけて完成させた渾身《こんしん》の作「働いて明日《あした》」が描かれている。

甚右衛門が上体を少し広縁側《ひろえん》へ傾ける姿勢をとって、両手をパンパンと打ち鳴らした。

「はあい。いま行きますよ」と、勝手口の辺りから張りのある声が返ってきた。

「母さんや……」

「おやまあ……」

「宗次先生が、お見えだ」

直ぐにこちらへ向かってくる急ぎの足音がして、五つ下の老妻イチが前掛けの紐《ひも》に通した手拭《てぬぐ》いで手をふきふき現われた。髪は真っ白だが、気荒な職人たちを長いこと面倒見てきたから小柄だがシャンとした印象だ。

「これはこれは宗次先生気付きませんで……」

「朝っぱらから申し訳ありませんねい。大頭《おおがしら》にちょいとばかし御知恵を借りようと思いやして」

「宗次先生なら、いつだって大歓迎でございますよ。あ、そうだ。この東屋の離れ二間《ふたま》が空いているから、なんなら明日にでも八軒長屋から移ってきなさいましよ先生。うちの若い者《もん》に手伝わせますからさ」

「お、そいつあいいや」

大棟梁甚右衛門と老妻イチの話が、とんでもない方向へ行きかけたので、宗次は顔の前で右手を慌《あわ》て気味に横へ振り、「き、今日のところは、ひとつ大事な相談の御知恵を……」と、苦笑《にがわら》いで逃げた。

「そうかい。ま、そうだな。相談ってのが大事《でえじ》だ。母さんや、旨《うま》い大根の漬物とな、宇治《うじ》茶を頼むわ」

「あいよ……宗次先生、今の話、真剣に考えといて下さいよ」

「あ、はい」

イチが座敷から出ていくと、宗次も甚右衛門も真顔となって、お互いの目を見た。

「で、先生。相談と言いやすと?」

「大頭《おおがしら》。言葉を飾らずに、お訊《き》き致しやす。自分の思いのまま自由に歩くことが叶《かな》わねえ幼子《おさなご》の移動のことを考え、至れり尽くせりの手押し車を見事に作り上げる名職人ってのを御存じでしたら、教えて戴きてえんで」

「これはまた……一体どうしなすったい」

「お訊《たず》ねした件についての事情ってのを、打ち明けた方が宜《よろ》しゅうござんすか」

「今の宗次先生の目つき、普通じゃありませんや。この甚右衛門を信じて下さるんなら、事情ってのを聞きてえもんです」

「よございます。お話し申し上げやしょう」

甚右衛門夫妻に対する宗次の信頼は、今や揺るぎない。

三月《みつき》前江戸市中を、恐怖のどん底に陥《おとしい》れた、〝腹肝抉り斬殺《はらぎもえぐりざんさつ》事件〟でも、その解決に尽力《じんりょく》した宗次を、甚右衛門は間接的ながらよく助けている。

「実は……」

と、宗次は幾分声を落として、凡《およ》そ一年ぶりに動き出した暗闇小僧の〝善行〟について打ち明けた。

「ふーん。そんな事があったんですかい」

甚右衛門が厳しい顔つきで腕組をしたところへ、イチが小盆に茶と大根の漬物をのせてやってきた。

何か言いかけたイチであったが、夫の只事《ただごと》でなさそうな表情に気付いてか、茶と漬物を二人の前に置くと、そのまま黙って引き退がった。

「で、その手押し車だが、釘《くぎ》を当たり前のように使ってやしたかい。それとも極端に釘使いの少ない、つまり枘《ほぞ》や穴を多用しての組合せ様式でしたかい」

「さあて、そこまでは……」

「先《ま》ず、それについて然《さ》り気《げ》なく調べることでさあね。釘を当たり前のように使っての小物作りの名職人なら、雑司《ぞうし》ヶ谷鬼子母神《やきしもじん》百姓町に住む鑿打《のみうち》の三五郎《さんごろう》ってえ二十七歳になる飲んだくれだ。しかし腕の確かな名人として知られており、一匹狼だが妻子持ちだ。儂《わし》も何度も使ったことがある。満足できる、いい仕事をしてくれやしたがね」

「飲んだくれの……一匹狼ですかい」

「うむ。しかし義賊気取りが出来る奴かどうかは、何とも言えませんやな」

「だいたい、飲んだくれってのは、義賊気取りなんぞは難しいでしょうに」

「次に釘使いが極端に少ない小物作りの名職人となると、面倒でも鎌倉まで足を運ばにゃあなりません」

「鎌倉かあ……遠いなあ」

「鎌倉には神社仏閣が多うござんすから、小物作りの名職人は欠かせないのでござんすよ。あっと、待てよう。その名人、江戸へ移り住んだとか、住む予定だとか聞いた事があったなあ。もう、かなり前の事だがねえ」

「名前は何といいやすか」

「江木原八郎佐《えぎはらはちろうざ》、とか言ったかねい」

「ほう、姓持《なまえも》ちですかい」

「その日暮らしで家名絶えた下級の武家の出、とからしいのだが、儂は一度も使ったことがないんで、余り詳しくは知りませんのさ先生。が、八郎佐の腕の確かさは、江戸近在の棟梁達の間では三五郎以上に鳴り響いてまさあね。学高《がく》く腰低く礼儀正しいことでも一流だとね」

「学高く腰低く礼儀正しい江木原八郎佐ですか。いいですねい」

「儂《わし》は荒削《あらけず》りな性格が目立つ三五郎の方が、何となく可愛《かわい》く思えるんだが」

「荒削りな性格だって、三五郎の仕事の仕上がりは繊細なんでござんしょ」

「おうよ」

「大頭《おおがしら》。この宇治茶も大根の漬物もなかなか旨いです」

「うちの母さんは、何をやっても粗相《そそう》がねえ。若い者《もん》だってよ、儂の大声の一《いっ》喝《かつ》よりも、母さんの〝これっ〟の一言で首を竦《すく》め参ってしまいやがる」

「はははは。そりゃあ大頭《おおがしら》、気の荒い連中ほど、母親には弱いってもんですよ」

宗次が目を細めて笑ったとき、広縁を踏み鳴らすようにして誰かが広間へ近付いてきた。

すると勝手あたりで「もっと静かにお歩き与市《よいち》」と、イチのピシャリとした声が飛んだ。

足音は直ぐに静まり、「あれだ……」と甚右衛門が苦笑《くしよう》する。

三十前後に見える髭面《ひげづら》の男が、広間の前に正座をし両手を膝《ひざ》の上に置いた。

「お久し振りでございます宗次先生」

「やあ与市さん、お久し振り。元気そうだね」

「へい。儂《あつし》らの仕事は元気でなくちゃあ勤まりませんで」

「そうよな」と、宗次が真顔になって頷《うなず》く。

鳶頭《とびがしら》の与市（二十九歳）であった。

「こいつあ、この秋に儂《わし》ら夫婦の媒酌《ばいしやく》で女房《かかあ》を持つことになっておりやしてね先生」

甚右衛門が嬉しそうに言った。与市が余程に可愛いのであろうか。

「そいつあ、いい話だ。おめでとう与市さんよ」

「有難うござんす。あのう、先生も是非に、祝言《しゅうげん》には出て下さいやし」

「勿論《もちろん》、来るなと言われたって、出させて貰いまさあ。あ、そうだ。与市さんが現場で仕事をしている姿を一枚、祝いに描かせて下せえな」

「え？　大江戸一の宗次先生が儂《あっし》を描いて下さいますので？」

「うん、大判で描かせて貰いましょうか。女房になる女性《ひと》が惚《ほ》れぼれするような恰好《かっこう》いい姿絵をね」

「わあ。こいつあたまらねえ。嬉しゅうござんす。感謝致しやすよう先生」

「そのうち仕事場を訪ねまさあ。なあに、仕事の邪魔はしやせんから安心しなすって」

「へい。名誉なこと、この上もありやせん」

広縁の床に額《ひたい》が触れるほど頭を下げて、与市は喜んだ。

甚右衛門も、にこにこ顔だ。

宗次も相好《そうごう》を崩して言った。

「何と言っても鳶職人は荒仕事の花形だあな。与市さんらが体を張って頑張ってくれるから、足元危ねえ目が眩《くら》むような高い現場での作業が捗《はかど》るんだ。体に気い付けて、誇り高く男仕事に挑みなせえよ」

「宗次先生……」

堪《こら》え切れなくなったのか、与市が大きな手で目頭《めがしら》を押さえた。

「おいおい与市。朝から湿っぽくなるなんて、お前らしくもねえ。何か大事な用があって広間へ来たんじゃねえのか」

「あ、そうだ……」

と、思い出したように与市が目頭から大きな手を放すと、大粒の涙がひと粒、頬をころがり落ちた。

「大身御旗本大浦源吾之介《おおうらげんごのすけ》様の御別邸の工事ですが、い、い、しあさってからの予定を、都合で明日からに変更してほしいと使いが参りやしたので、今から四、五人を連れて下打合《したうちあわ》せに行って参りやす」

「そうか。明日に早めてくれとな」

「へい」

「判《わか》った。奥方お滝《たき》様は体が弱く、このところ御別邸で寝たり起きたりの御様子でいらっしゃる。何ぞ旨い菓子でも見繕《みつくろ》って、お持ちして差し上げろい」

「御内儀《おかみ》さんにも言われ、その積もりでおりやした」

「お優しい奥方様だ。打合せで大声を張り上げたりするんじゃねえぞ」

「心得ておりやす」

「よし、行けい……」

「へい……それじゃあ宗次先生、これで失礼致しやす」

鳶頭の与市は、宗次に向かってぺこりと頭を下げると立ち去った。

「そいじゃあ大頭《おおがしら》。私《あっし》もそろそろ引き揚げさせて戴きやす」

「そうかい。三五郎も八郎佐も一流の職人だ。暗闇《くらやみ》小僧なんぞには関係ねえとは思うがねえ。けんど、幾ら心優しいとかの金や手押し車を貰ったって、それが汚れた物《もん》じゃあ、受け取った方も薄気味悪いだろうに」

「ですねい」

「下手人を追い詰めるのは、町方に任せておきなせえよ先生。素人《しろうと》が下手に追い詰めると時と場合によっちゃあ、ブスリとやられますぜ」

「肝に銘じておきやす」

「尤《もっと》も宗次先生からは、そのう……町人じゃねえような……なんて言うか……侍の雰囲気《ふんいき》のようなものを、時に感じたりするんですがね」

「私《あつし》は町人の浮世絵師でござんすよ大頭《おおがしら》」

「儂が少し先生に手を貸した、ほら、腹肝抉り斬殺……あ、まあいいや。先生はいつ迄《まで》も町人の絵師でいて下せえな」

「事実、そうでござんすから……そいじゃあ、これで」

「また顔出しをして下せえ。次はゆっくりと一杯《いっぺえ》やりたいもんだ」

「承知しやした。今度は樽酒《たるざけ》でも持ち込みやしょう」

宗次は、大棟梁東屋甚右衛門の神田屋敷を後にした。

六

東屋の神田屋敷を出た宗次は、雑司ヶ谷鬼子母神《きしもじん》百姓町に住居《すまい》を構えるという、鑿打《のみうち》の三五郎を訪ねるべく足を向けた。

鬼子母神そばの一膳飯屋で三五郎方を訊《たず》ねると、直ぐに判った。

鬼子母神の裏手に、雑司ヶ谷田圃《たんぼ》に抱かれるようにして建ち並ぶ、小振りで小綺麗な平家一戸建六軒の内の右端が、名人三五郎の住居《すまい》だった。

宗次は、ざっくばらんを試みた。ここに着く前から、その積もりだった。

「ご免下さいまし」

六軒が六軒とも敷地が腰高の竹垣で囲まれているものだから、宗次はその外側から内に向かって抑《おさ》え気味に声を掛けた。

すると女の返事があって、表戸――と言っても腰高障子――が開いて、丸顔の若い女が現われた。どこから眺めても、職人の若女房の印象だった。

「どちら様で？」と、笑《え》みを見せつつ女は、竹垣の外側にいる宗次に近付いてきた。亭主の仕事関係先かも、と心得た人の善《よ》さそうな丸顔の笑みだ。

「突然お訪ねして申し訳ありません。宗次と申しますが、名人三五郎親方はいらっしゃいましょうか」

いつもの、べらんめえ調がすっかり消えている宗次だった。

「あのう、いずこの宗次様でいらっしゃいましょうか」

さすが名人と言われている職人の女房だった。喋《しゃべ》り方にも、そつが無い。

「はい。浮世絵を描いている、しがない絵師でございますが」

「浮世絵?」

「はあ、浮世絵師の宗次でございます」

「えっ……もしや……あの江戸一番の……宗次先生でいらっしゃいますか」

「江戸一番かどうか知りませんが、浮世絵宗次は今のところ、私一人しかいませぬようでして」

「わあ、凄い。さ、どうぞ、お入りになって下さいまし」

若女房は、竹編みの腰高引き戸を、目を輝かせて手前に引こうとした。

「あ、いいえ。三五郎親方が御不在なら、また出直して参ります」

「いいえ。三五郎は裏手の作業場におります。さ、どうぞ」

若女房は竹編みの腰高引き戸を、引き開けた。

「恐れ入りますが……」と、宗次はまだ足を踏み出そうとしない。

「はい?」と、若女房は宗次としっかり目を見合わせた。

瞳を、きらきらとさせている。なんとまあ可愛《かわゆ》い小娘のようだ、と宗次は思った。

「三五郎親方の御内儀でいらっしゃいますか」

「これは無作法致しました。三五郎の女房、小糸《こいと》と申します」

「小糸さんで……それじゃあ小糸さん。名人三五郎親方に会わせて下さいますか」

「こちらへ、どうぞ……」

小糸は宗次の先に立って、柿の木が一本あるだけの小庭を裏手に回り、井戸端で足を止め振り向いた。まだ明るい笑みと瞳の輝きを、忘れていない。

「どうぞ、あれより遠慮なく御入り下さい」

鑿打《のみうち》の音が聞こえてくる作業場の開かれたままの出入口を、小糸は右手でやわらかく指し示した。

「入って宜しいので……」と、宗次は小声で念を押した。

「皆さん、そうなさっておりますから」

「そうですか。では、そのように……」

宗次は小糸と入れ替わって、作業場へ近付いていった。

小糸が、すぐそばの勝手口から、家の中——恐らく台所——へ姿を消した。

宗次は余り明るいとは言えない作業場の中へ声を掛けた。

「親方、お忙しいところ失礼させて戴いて宜しゅうございましょうか」

「構わねえよ。どうぞ……」と、宗次の言葉が皆まで終わらぬ内に、返事があった。

不機嫌そうな曇り声だ。

宗次は腰を低めにして「ご免なさいまし」と、作業場に足を踏み入れた。

中に入ってみると反対側の櫺子窓《れんじまど》から日が差し込んでいて、外から眺めて感じたほど暗くはない。

木屑《きくず》で足元を埋めた三五郎親方が鑿《のみ》を持つ手を休めて、宗次と目を合わせた。額《ひたい》を薄汚れた手拭《てぬぐ》いで巻いている。

「私《わたくし》、宗次と申します」

「浮世絵を描かせては江戸一と言われている宗次先生だね。女房《かかあ》の高ぶった黄色い声が聞こえていたよ。三五郎だ」

と、苦虫を嚙《か》み潰《つぶ》したような顔つきだ。

「で？……」と、三五郎は煙管《キセル》に刻みを詰めながら、宗次を促《うなが》す目つきをした。鋭い目つきだ、と宗次は思った。

「実は親方に御願いがあって参りました」

「浮世絵の第一人者と言われていなさる先生が木工職人の儂《あっし》に？」

「名人と言われております親方の手で、是非とも手押し車を作って戴きたいと思いまして」

「手押し車？　年寄りか誰ぞを乗せるためのかい」と、さすが直ぐにピンとくる三五郎親方だった。

「はい。生まれた時から体が不自由で自分の思いのままに歩けない幼子《おさなご》のための……」

「ほう……」

右手で煙管を口に咥《くわ》えかけた三五郎が、その手を下ろした。

「出来れば乗り降りしやすいようにとか、安定して暫《しばら》くの間座っていられるようにとか、いろいろ工夫してやって戴きたいと思いますが」

「いつ迄《まで》に？」

「それはもう、早ければ早いほど有難く思います」

「判った。その子に一度会わせてくんねえ」

「え、そいじゃあ親方……」

「引き受けよう。だが、その子の体つきや、不自由な具合などを、作る者の目で細かく見てみなきゃあ、その子に合ったいい物は作れねえから」

この時点で宗次は、これは暗闇小僧とは関係がない、と断定した。

三五郎が、話や態度を演じているかのようには、全く見えない。

言葉の流れようと表情が、自然だった。

「感謝いたします親方」と頭を下げた宗次は、着物の袂《たもと》に手を入れて二両を取り出した。

「あのう、少のうございましょうが、今日のところはこれを手付とさせて戴ければ……」

「そんなもなぁ、要《い》らねえよ浮世絵の先生」

三五郎がきつい目で、宗次の言葉を途中で遮《さえぎ》った。

「ですが、それでは余りにも……」

「余りにも、へったくれもねえやな。体の不自由な幼子に、手押し車一台贈ってやれねえような職人なんぞにはなりたくはねえよ」

「お代は無しで作って下さると、おっしゃるのですか。無代《むだい》で……」

「おうよ。名人などと言われ今では、引きも切らねえ注文がある身だが、それもこれも世の中の皆さんや御天道様《おてんとさま》が僊《あつし》を育ててくれた御蔭《おかげ》と言うもんよ。人間うぬぼれちゃあ、いけねえやな。その御返しに、いい物を作らせて貰いましょ」

「…………」

宗次は胸が熱くなって、言葉を失った。

「で、その幼子ってえのは、先生の子かえ。それとも親戚《しんせき》の？」

「いえ。わが子でも親戚の子でもありませんで」

「それ見なせえ。浮世絵の先生だって他人の子のために、雑司ヶ谷まで足を運んで身銭《みぜに》を切ろうとしてなさるんだ。それと判ってて三両くれ五両くれ、なんてえことは口が裂けても言っちゃあなりませんやな。そうでござんしょ？」

「は、はあ……」

「儂《あつし》にもし断わられたら、先生は次に何処《どこ》へ足を運ぶ積もりだったんで？」

「鎌倉まで足を延ばすしかないかなあ、と思っておりました」

「鎌倉ってえと、ひょっとして江木原八郎佐を訪ねるつもりでしたかい」

「はい。この道で飛び抜けての名人と言えば、雑司ケ谷鬼子母神の三五郎親方と、鎌倉の江木原八郎佐親方の二人しかいない、と人伝《ひとづて》に聞いておりましたので」

「だが、八郎佐はもう駄目だよ」

「え？……」

「一年少し前だったかな。鶴岡八幡宮《つるがおかはちまんぐう》近くの雪ノ下《ゆきのした》ってえ辺りで酒に酔った二人連れの不良素浪人に難癖《なんくせ》をつけられ、左右の手首に斬りつけられたってえんだ」

「それはまた……」

「命にかかわる深手《ふかで》という程ではなかったようなんだが、大事な手首の筋《すじ》を傷つけられたとかで、緻密《ちみつ》さが求められる鑿《のみ》、鉋《かんな》の扱いに支障を来たすようになったらしくてな」

「そうでしょうね。腕や手の筋は細かい工作をする職人にとっては、命でございましょうから」

「でな。職人仕事から身を引いて、どうも江戸へ出て来ているらしいと仲間達は言うんだが、それも噂の域は出ず、今頃何処《どこ》でどうしているんだか」

「八郎佐親方は独り身《ひとりみ》で？」

「さあ、そこまでは知らねえやな。噂だと、八郎佐の親父《おやじ》さんは食うに困る貧乏侍で家名を絶えさせてしまったようだが、当の本人は何《なん》せ名人と言われた鎌倉職人だったわな。綺麗な女房《かかあ》くらいは貰っていると思いたいがねえ」

「じゃあ、子もいますのかな」

「知らねえ。付き合っちゃあいねえから、判らねえ」

「ま、そいじゃあ三五郎親方。その幼子の所へ案内させて戴くのは、いつが宜しゅうございますかいね」

「五日後にしてくんねえ。それ迄に、いま抱えている急ぎ仕事を一段落させておきまさあ先生」

「承知致しました。では五日後の朝五ツ半頃（九時頃）に、お迎えに参りたいと思いますが、差し支えございませんか」

「それで結構だい」

「お受け下さいまして、本当に有難うございました。これで、ご免なさいまして」

「ちょいと浮世絵の先生よ」

「は？」

「あんた、実に腰が低いねえ。浮世絵師宗次と言やあ、今や泣く子も黙るって程なのによ。私は偉《えら》いのよ、私は人様に仰《あお》がれる地位に就《つ》いてんのよ、私は頭がいいのよ、私は腕がいいのよ、なんて威張《いば》り臭《しゅう》が微塵《みじん》も無《ね》えやな。儂《あつし》は、あんたが気に入りましたよ先生」

「恐れ入ります」

「これからは気安く付き合っておくんなせえ。そのうち一杯《いっぺえ》やりやしょう」

「はい。喜んで」

「儂《あつし》の無作法な態度、許しておくんない。なにしろ酒で体中が汚れてるもんで。へへへっ」

　そう言うと三五郎親方は中腰に立ち上がりつつ、額に巻いた手拭《てぬぐ》いを除《と》って丁寧に頭を下げた。

　宗次は目を細めて、にこりと返した。心の中に温かな陽《ひ》が差し込んでいた。

七

　その日、陽《ひ》が西に深く傾き出した頃、浮世絵師宗次の姿は下谷《したや》金杉町《かなすぎちょう》の、通称〝店持《たなもち》長屋〟の前にあった。〝店持長屋〟は零細な居酒屋、一膳飯屋、八百屋、魚屋などを営む夫婦者《もん》が目立って住んでいるところから、誰言うとなく付けられた名だった。むろん職人たち夫婦も何組かは住んでいる。

　ここは独り者《もん》お断わりの長屋だ。

　宗次は、ゆっくりとした足取りで、長屋に挟まれた路地へ入っていった。池之端の小さな居酒屋『兆助』の主人《あるじ》吾助と女房スミは、この長屋に住んでいて、宗次は招かれて一度だけ日の高い内に訪れ、遅い昼飯《ひるめし》を馳走《ちそう》になったことがある。

　だから吾助夫婦との付き合いはまだ浅い。何気なく立ち寄った『兆助』の雰囲気が気に入って足を運ぶようになったのも、ここ七、八か月のことだ。

　宗次は路地右手の長屋の中程で、歩みを緩《ゆる》めた。吾助夫婦の住居《すまい》であった。

　一軒間を置いた隣、左官職人の家の前に、なるほど件《くだん》の真新しい手押し車がある。

　それを家の中へ入れないのは、土間が手狭《てぜま》なためか、それとも義賊から頂戴したものを家の中へは入れたくない、という複雑な思いがあるからなのか。

　宗次は路地の中央を東西に走る溝板《どぶいた》をなるたけ踏み鳴らさぬよう、その手押し車に近付いていった。

　よく見ると、釘は殆《ほとん》ど使われていない。明らかに、凹凸、四角穴、丸穴などを巧みに用いた組合せ式の手押し車と思われた。

「こいつを、三五郎親方に見せるべきかどうか……」

　呟《つぶや》いて宗次は思案した。見せるなら当然、暗闇小僧のことを打ち明けねばならない。それが道理と言うものだ。

た。

「むつかしい判断だな」

そう小声を漏らした時、表戸——腰高障子——の向こうで人の気配があった。

だが、宗次はその場を動かなかった。

小さな破れが目立つ滑りの悪い表戸が開いて、やつれ切った女が姿を見せた。表戸を引いた時から視線を力なく足元に落としている様子が、宗次には哀《あわ》れに見えた。

『兆助』の吾助が言う、左官職人河吉の女房チヅエなのであろう。

「いい造りでござんすね、これ」

宗次は小声で言って手押し車を指差した。

女が、びっくりして顔を上げた。息を止めている。

「すみやせん。突然声をかけたりして」

女を安心させるために、宗次は、より声を低くした。

「大怪我をしたご亭主と子供さんの体の具合のこと、吾助さんから聞いておりやす」

「あ……」と、女の表情が少し緩んだ。

「私《あっし》は浮世絵を描いておりやす宗次という者《もん》でして」

「え……浮世絵師というと……あの宗次先生ですか」

「なあに、先生って柄じゃありやせんや。気楽に宗次と呼んでおくんない」

と、宗次の声はまだ低く、そして優しく目を細めている。

「ま、どう致しましょ……あの……どう致しましょ」

「ま、ま……左官の河吉さんの御内儀《おかみ》さんですね」

「はい。チヅエと申します」と、辺りを憚《はばか》ってかチヅエの声も低い。

「吾助さんから、お子さんの体の具合の事を聞きやしてね。ひとつ、大判の絵を一枚描かせて戴きたいと思いやして」

「描くって……うちのオヒロをですか?」

「オヒロちゃんて言うんですかい。いい名だ。是非オヒロちゃんを私《あっし》に描かせて下さいやし」

「とても無理です。亭主がほとんど寝た切りの家《うち》には、とても宗次先生ほどの御方《おかた》に御支払い……」

「無代《ただ》で描かせて下せえ。支払いの心配など要《い》りやせんから」

「無代で……江戸一の宗次先生が、うちの子を無代で……」

「はい。江戸一かどうかは、知りやせんが」

「あの……あなた様は本当に……本物の宗次先生でいらっしゃいますか」

「こ、こいつぁ参った。宗次だと証明するものなんぞ、持っていませんやな」

宗次は思わず苦笑した。

「すみません。失礼なことを言ってしまいました」

「なあに、それくらいの用心深さが、この大江戸八百八町《はっぴゃくやちょう》で暮らすには必要でござんすよ。では、こうしやしょう。私《あっし》のこの身形《みなり》容姿印象などを明朝にでも吾助さんに話して、確認を取ってみて下せえ」

「吾助さんとは仲がお宜しいのですね」

「付き合いは、まだ浅いんだが、吾助さん夫婦とは気が合っておりやす」

「とてもいい人です。文字も書けるし、色色と相談に乗って貰ったりしています」

「この店持長屋には長いのかい、吾助さん夫婦は」

「いいえ。江戸に出て来て、まだ一年ほどの人です」

「ほう……そうでしたかえ」

「それ迄は鎌倉に住んでいたとか」

「鎌倉……」

「はい。でも、自分たち夫婦のことは余りべらべら喋《しゃべ》らない人たちです。夜遅くまで酔っ払い客相手の仕事をしている割には、夫婦共にしっとりとした奥深さがあったりして」

「そうですかい。そういう頼りになる人たちとは、仲良くしなせえ。この大江戸には色色な野郎や女郎《めろう》がいる。口上手な性悪《しょうわる》な奴の表顔裏顔に騙《だま》されたりしねえよう、油断なくしっかりと家庭を守りなせえよ。なあに、亭主の河吉さんは必ず治る」

「はい」

「そいじゃあ……」

宗次は、踵《きびす》を返した。

次の行き場所は、すでに胸の内で固まっていた。居酒屋『兆助』だ。

（一杯飲むには、いい頃合《ころあい》になるか……）

宗次は、空の端が少し黒ずみ出したのを仰《あお》ぎ見て、胸の内で呟《つぶや》いた。

吾助夫婦が鎌倉の出と知って、少なからず衝撃を受けている宗次であった。予想外の事を知った、という思いが強かった。

下谷金杉町から、居酒屋『兆助』がある不忍池《しのばずのいけ》そば池之端仲町《いけのはたなかちょう》までは、勝手知ったる宗次にとっては、どうってことない道程《みちのり》だった。

だが宗次の足は下谷広小路《ひろこうじ》まで来て、池之端仲町に続いている黒門町《くろもんちょう》道へは入らず、南へ向かった。

『兆助』へ行くのでは、なかったのか？

彼の足は下谷広小路から、大外濠川《おおそとぼりがわ》（神田川《かんだがわ》）に出る下谷御成街道《おなりかいどう》へと入り、暫《しばら》く南へ急いだあと大きな武家屋敷の角を右へ折れた。

その直ぐ左手に、なかなかな構えの石屋があって、すでに店前の等身大の立派な石灯籠《いしどうろう》が明りを点《とも》していた。

「ご免なすって……」と、宗次は石屋の中へ入った。

店の中には石工《いしく》職人が手がけた大小の灯籠、仏像、地蔵、招き猫、犬、鷲《わし》、墓石、ほか実に様様なものが展示してある。

石の、なんでも屋だ。

「おや、宗次先生。これはこれはお久し振りでございます」

「番頭さん、今夜は駄目だ。ちょいと大事な用があってさ」

「そう仰《おつしや》らずに上がっておくんなさいまし。主人《あるじ》が今宵《こよい》は旨い酒が飲める、と喜びますから」

「今日は招き猫を買いに来たんだ」

「招き猫なんぞ一つでも二つでも差し上げますよ先生」

「そうですよ、先生、上がって下さいまし」

「いま主人を呼んで参りますから、どうぞ」

と、二番番頭も手代も職人たちも、久し振りに顔を出した宗次を笑顔で引き止めようとする。

宗次は、そばの石棚《いしだな》にあった高さ七寸ばかりの肥《ふと》った〝招き猫〟に手を伸ばした。

かなり重い。

「これにすらあ。支払いは二、三日中に持ってくるから、旦那に宜しく伝えておいてくんない」

宗次は身を翻《ひるがえ》すようにして、店の外に出た。

番頭の声が後を追ってきたが、宗次はそのまま武家屋敷の角を左へ折れて下谷御成街道に戻り、池之端仲町へと足を急がせた。

八

居酒屋『兆助』の前まで来て、宗次の右手指先が暖簾《のれん》の端に触れた時には、辺りはとっぷりと暮れていた。

今宵の『兆助』は、立ち飲み客がいるほどの繁盛《はんじょう》だった。

狭い店だから、ムンムンしている。

宗次は混み合った店の中へひと足入れたものの、軽くはない招き猫を右小脇にしているので、また外に出た。

横路地から店の裏手に回って、勝手口の引き戸を「ご免よ」と左手で引くと調理場だった。

「よう、宗次先生」の吾助の声で、客と笑いながら話を交わしていた女房スミも振り向いて、「あらまあ……」と客への笑顔をそのままに驚いた。

「すみませんねえ先生、今夜はこの通り満席でよ」

「なあに、直ぐ帰るよ。これ受け取ってくれ」

「お、招き猫じゃあございませんかい」

「石屋の前を通りかかったら、目にとまったんでね」

「これを『兆助』に？」

「うん。ますます商売が繁盛するようにとね」

「ありがてえなあ。遠慮なく頂戴しますよ先生」

「有難うございます先生。わあ、嬉しいですよう」と、女房のスミも本当に心底から嬉しそうに相好《そうごう》を崩した。

「ちょいと重てえよ。足の上にでも落としちゃあ大変《てえへん》だ。両手でしっかりと受け取ってくんない」

「あいよ……」

吾助が両手を宗次の方へ差し出した。

この時、着物の両袖口《そでぐち》が肩の方へ少し引かれるかたちとなって、両手首が覗《のぞ》いた。

（あった……）

決して明るくはない調理場であったが、宗次は、吾助の両手首の瘡痕《そうこん》を見逃さなかった。

「いい招き猫だ。大事にしますよ先生」

「先生、はい。冷やだけど一杯飲んでって」

スミが茶碗酒を宗次に勧めた。

「すまねえ。喉《のど》がかわいてたんだ」

宗次は茶碗酒を一気に飲み干すと、空になった茶碗をスミの荒肌の手に戻した。

「じゃあ、二、三日中にでも、ゆっくり来らあ」

「烏賊《いか》の味噌《みそ》わた煮をたっぷり作っときますぜ」

「いいねえ。楽しみにしとかあ。そいじゃあ……」

「足元に気い付けなすって」

「あいよ」

笑顔で応じた宗次は、くるりと体の向きを変えて調理場から外に出た。

とたん、その顔から、スウッと笑みが消えていった。

宗次は早足で『兆助』から離れた。月明りの下、沈痛な表情だった。

左官の河吉の女房チヅエが「鎌倉の出だ」と言った、吾助夫婦。その吾助の両手首にあった瘡痕。

（吾助が、鎌倉の名職人八郎佐である可能性が一気に高まった……）

宗次は胸の内で、そう思った。

「が、しかし……まだ断定は出来ねえやな」

呟《つぶや》いて立ち止まり、振り返る宗次であった。

彼方の『兆助』の店先に下がっている赤提灯《ちょうちん》二つが、夜風で揺れている。

宗次は身を隠すかのように、そばの枝ぶり良い柳の下に入ると、幹《みき》にもたれて腕組をし考え込んだ。

（吾助がもし、手押し車を作った張本人《ちょうほんにん》だとすりゃあ……いや、下谷金杉町の店持長屋で、トンカン、トンカンやってちゃあ、一軒置いて隣の河吉、チヅエ夫婦は直ぐに気付くわな……それに吾助の、あの両手首の傷痕《きずあと》は、調理の最中に庖丁《ほうちょう》で切ったものかも知れねえし）

あれこれ考えながら、そう言えば、自分が住む八軒長屋そば鎌倉河岸《がし》の居酒屋の亭主も手や指を庖丁でよく傷つけている、と思い出す宗次であった。

「あら宗次先生、こんな所で何してんのさ？」

不意に声が掛かったので、宗次は顔を上げた。

「よ、小円姐《こえんねえ》さん。今からかい」

「そ。今宵は料亭『しらぎく』、ともう一軒料理茶屋『鈴波《すずなみ》』の掛け持ち」

「相変わらず一流どころの店からの御呼びが多いんだねえ。さすが売れっ妓《こ》だあな」

「ね、先生。ここで誰かと待合せ？」

「いやなに。次の仕事のことをぼんやりと考えてたんだ。ある御大名家の襖《ふすま》絵《え》をな、どんな絵柄にしてやろうかってよ」

「宗次先生ほどの御人《おひと》が柳の下に幽霊みたく立ってたりすると阿呆烏《あほうがらす》（夜の客引

き）に間違われますよ」

「違いねえ」と、宗次は苦笑しながら柳の下から、月明りの中へ出た。

「私《あたし》ん家《ち》は直ぐそこじゃない。よかったら仕事の考え事に使って下さいな」

「有難よ。今宵はちょいと訳ありでよ、そう言ってくれると助からあな。八軒長屋まで帰るのは面倒だしよ」

「私《あたし》ん家《ち》なら、『夢座敷』のお幸姉《こうねえ》さんは絶対に心配なさらないから」

「あ、ああ……まあな」

「うちの玄関引き戸の、からくり錠、先生知ってるでしょ」

「知ってる」

「勝手に開けて、入っていいから」

「うん」

「そいじゃあ私《あたし》、掛け持ちで急ぎますからさ」

「夜道、気い付けてな」

「はい。帰りは『駕籠清《かごせい》』の駕籠が出るから」

「駕籠清か。なら大丈夫だ」

粋《いき》な黒羽織の小円姐さんは宗次に軽く肩を叩《たた》かれると、離れていった。この界隈《かいわい》では、飛びっ切り売れっ妓の姐さんで、江戸で〝名亭〟とまで言われ始めている料理茶屋『夢座敷』の女将《おかみ》幸には、大層可愛がられている。

なにしろ、江戸の男共《おとこども》が喘《あえ》ぎ溜息《ためいき》ついて「まれに見る絶世の小町美女」と称《たた》える幸に、大事にされてきた小円である。

あちらこちらの料亭・茶屋の一流どころから声が掛かること、引きも切らず、であった。

宗次は、小円姐さんの黒羽織が月明りの向こうに消えて見えなくなるまで、見送った。

このところ黒羽織については、町奉行は「華美に過ぎる」「挑発的」などと何かとうるさい。

が、それも表向きで、「やぼな事は言いっこ無し」を、ちゃんと心得ていて与力同心などは見て見ぬ振りだ。黒羽織が華美である筈《はず》もないし、挑発的である筈もない。

ひたすら〝小粋《こいき》〟である。

九

売れっ妓、小円姐さんの帰りを待たずに、宗次は夜四ツ（午後十時）過ぎに、本正寺《ほんしょうじ》そば下谷町《したやちょう》一丁目の小円宅を出た。

居酒屋『兆助』が、夜四ツを過ぎた頃に、店じまいに掛かる事を心得ている宗次であった。酔っ払って寝込んだ客に帰って貰い、明日の小準備《こじゅんび》を整え終えると、夜四ツ半（午後十一時）近くにはなる事まで、承知している。

宗次は『兆助』の裏道側・湯島天神《ゆしまてんじん》裏門坂道——少し遠回りだが——を選んでなるたけ、ゆっくりと歩いた。途中で吾助夫婦とバッタリ鉢合わせ、なんて事だけは避けねばならない。

月明りの下、大小の武家屋敷を通りの左右に見過ぎて暫く行くと、湯島天神の手前で右に折れ、「一軒岡場所」で知られた全く繁盛《はや》っていない小さな遊女屋『夜桜《よざくら》』が在る、不忍池そば茅町《かやちょう》に出る。

ここからは用心しなければならない。『兆助』は半町《ちょう》ばかり直ぐ先の所だ。

宗次は、また柳の下に入って月明りから逃れた。

いつも店先に下がっている『兆助』の赤提灯は、すでに片付けられていた。表は雨戸で塞《ふさ》がれ、こちらを向いている丸窓障子からも明りは漏れていない。

宗次は月明りの下に出ると、次の柳の下へ移った。

あと三本移れば、『兆助』の真ん前だ。

と、『兆助』の向こう側路地から、男女二人が月明りの中に現われた。

吾助夫婦だった。

二人は表の雨戸に手を掛け、軽く揺さぶるようにして確かめると、頷《うなず》き合って離れていった。吾助夫婦の一日の労働《はたらき》の終わりである。

二人の後ろ姿が、宗次には心なしか、疲れ切っているように見えた。

手伝いの下働きを雇《やと》うこともなく、毎夜毎夜酔客《すいきやく》の相手をしているのだ。

人当たりがいい、愛想《あいそ》がいい、の評判通り、店に立っている間の夫婦は笑顔を絶やしたことがない。商売の奥義《おうぎ》は笑顔にこそあり、を会得《えとく》し切っているかのような吾助夫婦。

宗次は、そのように見てきた。

夫婦の後ろ姿が彼方に消えてから、宗次は然《さ》り気《げ》ない歩き方で柳伝いに『兆助』の前まで行った。

人の通りは、絶えていた。首を右へ振ると半町ばかり離れている「一軒岡場所」がまだ赤提灯を下げているが、閑散《かんさん》として客の咳《しわぶき》一つ漏れ伝わってこない。

柳の下から出た宗次は、さきほど吾助夫婦が出て来た暗い路地へ、入っていった。

（何も見つからねえ事を願いたいが……）

宗次はそう思いつつ、店の裏側へ回り込み、勝手口に手を掛けた。

簡単なからくり仕掛けで内側に細い閂《かんぬき》が一本通っていることを宗次は知っている。

なんなく閂をはずして勝手口を開けた宗次は、暗い調理場に入っていった。

調理場の左手は猫の額ほどの庭になっている。大根、蕪《かぶ》、茄子《なす》、生姜《しょうが》、かぼちゃ、芋《いも》、自然薯《じねんじょ》、牛蒡《ごぼう》などといった、およそ猫に食われる心配の無いものは、平たい木箱に入ってその庭先に積まれているのを、常連客ならたいてい知っている。

宗次は調理場と庭との間を仕切っている腰高障子を、音を立てないように引き開けた。

まともに差し込む、ではなかったが、それでも外の月明りは調理場をぼんやりと薄明るくした。

宗次は、酒と肴《さかな》の匂《にお》いがまだ消え切っていない調理場を見回した。

見回した、と言っても、立ち飲み客を含めて三十余人も入れば身動き出来なくなる『兆助』の調理場の広さなど、高《たか》が知れている。

「ん?……」

宗次は竈《かまど》に近寄って、腰を下ろした。

石を荒削りに豆腐状に切って積み重ね隙間《すきま》に粘土を詰めた、町奉行所推奨《すいしょう》の「火《ひ》の用心竈《ようじんかまど》」であったが、その両脇には〝消し炭〟や薪《まき》が保存できるようになっている。

宗次は何本かの薪を、抜き取って眺《なが》めた。

「なんてこった……」

余りにも早過ぎる〝結果〟の訪れを知って、薄暗がりの中たちまち宗次の表情は歪《ゆが》んでいった。

それはどの角度から眺めようが、薪《まき》と呼べるものではなかった。誰が見ても明らかに、木工作業で生じた残り木であった。試みて気に入らなかったと思われる、○や□の組立穴や溝彫りも幾つか見られる。

宗次は抜き取った何本かのそれや薪を元通りに片付けて、腰を上げた。

「ここで昼間にでも手押し車を作っていたのか……暗闇小僧さんよ」

ポツリと力なく呟く、宗次であった。

吾助が名職人と言われた八郎佐で、八郎佐が暗闇小僧であることは、もう疑いようがない、と宗次は思った。

宗次は、『兆助』を後にした。やり切れない気分だった。八郎佐が「何故《なぜ》、どうして暗闇小僧なのか」には、殆《ほとん》ど関心がなかった。いま明らかとなった現実の方が、宗次には余りにも重く感じられた。

「全《まった》く色色な人生ってのが、ありやがるぜ……人間様《ひとさま》にはよ」

歩みを緩めぬまま、宗次は舌を打ち鳴らした。

今は『兆助』から少しでも遠ざかりたい、という気持に襲われていた。が、二度と来るものか、という訳にはいかない。

遠くで呼《よ》び笛《こ》が鳴っている。事件であろうか。

宗次は静まり返った夜の下谷御成街道を南へ急いだ。大外濠川(神田川)に沿った神田佐久間町《さくまちようかいわい》界隈に出ると、月明りが急に薄れて夜が濃くなった。

「やあ、そこを行くのは宗次先生じゃあないですかい？」

和泉橋《いずみばし》あたりで不意に、長屋の陰から声を掛けられ、宗次の足が止まった。

「おや、これは北町同心の山村《やまむら》様と三芳《みよし》様……」

「こんな刻限まで仕事ですかい宗次先生」と、背丈のある方の侍。

「へい。御武家の襖絵の打合せで、御馳《ごち》になるなどで遅くなりやして」

「相変わらず大名旗本家から、引っ張り凧《だこ》なんだ。先生は、私《あつし》ら若い町方の憧れなんだから、くれぐれも体には気い付けて頑張って下せえ」

「有難うござんす。そう言って戴けると、この宗次、嬉しいでさあ」

「三月《みつき》前の事件で深手《ふかで》を負いなされた飯田次五郎様も、月明《つきあ》け辺りから勤めに出られる御様子なんで、我《われ》ら配下の者もホッと致しておるんだ」

「おっ、それは何よりですねい。よございやした」

「宗次先生も近いうち、組屋敷へ飯田様を訪ねてあげておくんない。先生の顔を見たら、きっとお喜びなさる」

「十日に一度は様子伺《うかが》いで訪ねておりやしたが、この月に入ってからは忙しさにかまけて、失礼しておりやす。承知しやした。四、五日の内には必ず、お訪ね致しやしょう」

「うん、頼みますよ先生」

「今夜は何か大捕物ですかい山村様。つい先程、遠くで呼び笛が鳴っておりやしたが」

「あの吹き方は、こそ泥《どろ》ってとこですよ。凶悪な事件なんぞだと二度吹きが二度続いたあと、三度目の二度吹きの尻鳴りの部分が長あく尾を引くんでさあ。宗次先生は今や、北町の身内みたいなもんだ。ひとつ覚えておいておくんなさい」

「なるほど、それは初めて聞きました」

「それじゃあ見回りがあるんで、これで失礼しましょうか」

「ご苦労様です」

二人の町方同心は、宗次から足早に離れていった。

背丈のある方は、北町奉行所市中取締方同心山村常朗《つねろう》、もう一方は三芳左《さ》門《もん》。二人とも筆頭同心飯田次五郎の配下であった。

その飯田次五郎は、三月《みつき》ほど前の〝腹肝抉り斬殺事件〟の探索で、瀕死《ひんし》の深手を負っていた。

その飯田次五郎が月明け辺りから、勤めに出られそうだという。

「ま、よかった……めでたい」

宗次は、夜の向こうへ次第に溶け込んでゆく二人の同心の後ろ姿を見送りながら、安堵《あんど》の溜息《ためいき》を吐《つ》いた。

十

翌日は朝の早くから、宗次は八軒長屋で考えに考え込んでいた。

今日の自分の動き方次第では、「不幸にしたくねえ者《もん》を不幸にしてしまう」という慎重な気持が強かった。

『兆助』の吾助・スミ夫婦。下谷金杉町〝店持長屋〟の左官職人河吉・チヅエ夫婦と体の不自由な幼子。そして雉子橋《きじばし》通小川町の小旗本津留澤家の御新造コトギと病弱の宗次坊やの母子。

その内の誰をも不幸にしたくない、と思い願う浮世絵師宗次であった。

「それにしても暗闇小僧とはなあ……厄介《やっかい》だぁな」

呟《つぶや》いて溜息《ためいき》を吐《つ》いてはみたものの、避けては通れない難題だった。

義賊とは言え、暗闇小僧のこれまでの不行跡《ふぎょうせき》から考えて、捕まれば先《ま》ず極刑は免《まぬが》れない。ましてや権力層にある侍屋敷も、少なからず被害に遭《あ》っているのだ。

「ここで思案していても仕方がねえか」

宗次は、ひとまず気になっている雉子橋通小川町の津留澤家を訪ねてみようと、八軒長屋を出た。

宗次の重い気分と違って、雲一つ無い青空だった。

「や、宗次先生。いい御天気で」

「よ、善《ぜん》さん。今朝は遅いじゃないの」

「へい。明後日《あさって》まで品川《しながわ》泊まりの仕事なもんで、何やかやの手配りがありやして……」

「泊まり仕事か。大変だねい。足場気い付けてな」

「ありがとござんす。そいじゃ……」

「そのうち一杯やろう」

「喜んで」

腰低く御辞儀をして去っていく、花形職人鳶《とび》の善さんの後ろ姿を見送りながら、少しばかり気持を明るくさせた宗次であった。

宗次は、身の危険を顧《かえり》みず、目の前の仕事と真剣勝負する鳶の男らしい気張った姿が好きであった。

「御機嫌さんで先生……」

小さな老婆が会釈《えしゃく》をして、宗次の脇を通り過ぎかけた。

「婆《ばあ》ちゃん、腰痛は？」

「はい。もうすっかり」

「そりゃ何より。大事にな」

「はい。ありがと先生」

宗次は足を早めた。雉子橋通小川町の小旗本津留澤家。なんだか妙に気になり出していた。

勝手知ったる江戸の町であった。路地に入って表通りへ、表通りからまた路地へと近道をして津留澤家の前に立ったのは、巳《み》の刻（午前十時頃）だった。宗次は構わず開けっ放しの門を入った。

聖徳太子《しょうとくたいし》の掛け軸一本が盗まれて間《ま》が無いというのに、無用心な開けっ放しであったが、傷《いた》みのひどい門だから仕方がない。

宗次は、玉砂利を踏み鳴らすのを避けて玄関式台《しきだい》へ近付いていった。この前に訪れた時と同様、屋敷内は静まり返っていて、女中や下働きがいる気配など全く感じられない。

「ご免下さいまし。浮世絵師宗次でございますが」

宗次は奥へ向かって、病床にある宗次坊やのことを考え抑え気味に声を掛けた。

するとまるで待ち構えていたように、御新造コトギと判る声が返ってきた。

かすかに廊下を擦《す》り鳴らして、足音が急ぎ近付いてくる。

現われたのは、矢張りコトギであった。玄関式台の手前に正座して、「ようこそ御出《おい》で下されました」と軽く頭《こうべ》を下げたコトギを見て、宗次は思わず息を飲んだ。

コトギの右の目のまわりが、青紫色に腫《は》れあがっていた。

「一体どうなされましたい」

驚いた宗次は、声を抑え気味にすることを忘れず、訊《たず》ねた。

「ぶたれました。夫《おっと》新之介に……」

「なんてえ事を……女に腕力をふるうなんざ許せませんや」

「大事な家宝の掛け軸を盗まれたのです。仕方ありませぬ。留守は私が預かっているのですから」

「コトギ様」

「はい」

「ちょいと失礼させて戴きますよ」

そう言うなり宗次は、雪駄《せった》を脱いで玄関式台に上がるやコトギに近付き様《ざま》、腰を下げて彼女の手首を摑《つか》んだ。

「あ先生、何をなさいます」と、コトギが反射的に腕を引こうとした。

宗次は構わずコトギの着物の袖口をまくり上げた。

痛痛しい腕が露《あらわ》となって、コトギは顔を横へそむけた。白い肌のところどころが、青紫色にみみず腫れであった。おそらく何日も前に硬い物でぶたれたもの、と宗次には見当がついた。

「コトギ様の御顔は昨日今日《きのうきょう》に殴られたものと判《わか》りやすが、腕のみみず腫れは幾日も前のものですね」

「いいえ、腕も昨日《さくじつ》に……」

「噓《うそ》を仰《おっしゃ》っても私《あっし》には判りやす。コトギ様は日頃から、新之介様の乱暴に苦しめられていたのではないのですかい」

「夫は大人しい気性の、気配りの出来る人です。あたたかな心の人です」

「およしなさいまし。庇《かば》う必要など、ありませんやな」

宗次は優しく言って着物の袖口をそっと下ろしてやり、コトギとの間を少し空けた。

「ところで、この御屋敷には、まるで人の気配がありませんね。癇癪《かんしやく》が過ぎる新之介様の深刻な御気性が原因で、次次と去っていったのでは？」

「…………」

「どうやら、そのようですね」

「…………」

「宗次坊やの様子は、どうです？」

「薬がよく効いて、大変落ち着いた状態です。本当に有難うございました」

「それはよかった……コトギ様が新之介様からぶたれたりするところを、もしや宗次坊やは目にする事があるんじゃないですかい」

「…………」

「母親が父親から殴られ悲鳴をあげたりしているところを見た幼子《おさなご》は、激しく胸を痛めますぜい。宗次坊やの病気は案外、それが原因かも知れやせん」

「………」

「コトギ様」

「は、はい」

「一つ言葉を飾らずに、お訊きしたい事がございやす」

「お答え出来る事は、お答え致します。でも、夫の悪口など、申し上げる積もりはありません」

「まあ、新之介様のことは、暫《しばら》く横へ置いておきましょう。実はコトギ様ご自身のことなんですがね。ひょっとしてコトギ様は町人の出ではございませんか」

「………」

「間違っていたら、幾重《いくえ》にもお詫《わ》び致しやす。武家を侮辱《ぶじょく》した廉《かど》で手討にして下さいやしても構いませんや」

「いいえ、……宗次先生の仰《おつしや》る通りです」

「矢張り……そうでございましたかい」

「私は小石川戸崎町《こいしかわとさきちょう》の百姓の娘で、両親は小さな八百屋《やおや》を営《いとな》んで、自前の物を店先に並べたり、界隈《かいわい》の旗本家などへ売り歩いたりしておりました。私も手伝ったりして」

「なるほど。その御得意先の旗本家の一つが、ここ津留澤家でござんすね」

「はい。そのような関係から、私は津留澤新之介の今は亡き奥様に気に入られ、行儀見習で女中奉公するようになりました」

「やっぱり、そうでござぃやしたか。新之介様には既《すで》に御新造がいたのですねい」

「は、はい。間もなく私は新之介に力ずくで自由にされ、宗次を身籠《みごも》ったのです」

「津留澤家には、それまで子が無かったのですかい」

「宗次が、はじめての子でした。この不義密通が原因で、私を可愛がって下さいました奥様は悲しみ悩んだ挙げ句に自裁《じさい》なされました」

「そのような事がございましたので……」

「私は今も亡くなった奥様に、心から申し訳ないと思っています」

「一体《いってえ》、新之介様の御年齢《おとし》は幾つなのでござんすか」

「五十丁度《ちょうど》です」

「五十……なんとまあ」

「ここまで打ち明けたからには……お話し致します」

「聞きやしょう。決して他言はしないと約束致しやす」

「夫は私を正室とはしてくれましたが、愛してくれてはいません。病弱の子を生んだ女中としてしか見てくれません……私の言うこと為《な》すことが気に入らぬと、刀の鞘《さや》で容赦《ようしゃ》なく打ち据《す》えます」

「コトギ様」

「はい」

「小石川戸崎町で八百屋を営む両親は、健在ですのかえ」

「健在です。店の商《あきな》いも大変順調で、店構えもかなり大きくなり下働きを五人ばかりも使えるまでになりました。両親には私と宗次のことで大層、心配をかけていますけれど」

「この屋敷を出て、両親の元へ戻りなせえ。思い切って、そうしなせえ」

「私も、それは考えましたし、勇気を出して夫にも申しました。ですが夫は、そのような事をすれば私と宗次のみならず、両親をも斬り捨てると脅《おど》します」

「斬り捨てると……」

「はい。まるで鬼のような形相《ぎょうそう》で……家宝の掛け軸が戻らぬ限り、お前は自由にはなれぬと」

「ほう。盗まれた掛け軸が戻れば別れてもよい、という訳でござんすね」

「そのような言い方でした」

「今日の御城での新之介様のお勤めは？」

「遅番の日ですから、夕刻にならぬと戻りませぬが」

「それは好都合だ。駕籠《かご》を呼んであげやすから、ともかく宗次坊やを連れて小石川戸崎町へ戻りなせえ。後の事は私《あっし》に任せて」

「でも……」

「このままじゃあ、そのうち母子とも命を無くしやすぜ。悪い事は言わねえ。私《あっし》を信じて、言うようになさって下せえ。坊やの体のためにも、その方がいい」

「大丈夫でしょうか」

「大丈夫……私《あつし》が体を張って、守ってあげやす」

「…………」

「宜しいね。駕籠を呼びますぜ」

コトギは、こっくりと頷《うなず》いた。

「よしゃ」と、宗次は身を翻《ひるがえ》して屋敷を飛び出した。

コトギが門の外にまで出て、遠ざかってゆく宗次の背を、不安そうに見送った。

十一

津留澤新之介の居間で、宗次は空腹を覚えながら座って待ち続けた。日は既に落ちて、家の内も外も真っ暗だ。今宵は夜空に月が無い。

宗次は、母と子がいなくなって人の温《ぬく》もりが消えた旗本屋敷に、侍の世の終わりが近付きつつあることを感じた。

と、表門内に敷き詰めた玉砂利を踏み鳴らす音が、伝わってきた。

「ようやく御殿様のお帰りか」

呟《つぶや》いて宗次は、腰を上げて閉まっている障子に近付いた。

「なんだコトギ。真っ暗ではないか。明りはどうした明りは」

玄関式台の方で怒声が生じたかと思うと、廊下が荒荒しく踏み鳴らされた。

とてもコトギの言う「気性の優しい夫」の足音ではなかった。

「何をしておるのだ。どこにいる。返事をせい、返事を」

その表情が想像できる程の品の無い怒声に、宗次は舌を打ち鳴らした。

(何様だと思ってやがんでい。馬鹿侍が)

胸の内で呟いて、拳《こぶし》をミシリと鳴らす宗次であった。

足音が止まって、宗次の目の前にある障子が、乱暴に開けられた。

待ち構えていた宗次の平手打ちが飛んだ。

闇の中で御殿様は横転したが、瘦《や》せても枯れても武士。直ぐさま立ち上がった。

ところへ、宗次の平手打ちが往復して、御殿様は雨戸に激しくぶつかった。

雨戸が今にも外れそうに大きな音を立てる。

「な、何者っ」

ようやく発した言葉の尻までを待たず、今度は宗次の鉄拳が唸《うな》りを発した。

一寸先も見えぬ、それこそ漆黒《しっこく》の闇である。にもかかわらず、宗次が拳に激痛を覚えるほど、それは見事に相手の顎《あご》の先を捉《とら》えていた。

廊下に叩きつけられ、さすがにそのまま呻《うめ》くだけの御殿様、津留澤新之介であった。

宗次は重重しい声を繕《つくろ》って言った。

「ようく聞けい津留澤新之介。病弱の子の介護で疲労困憊《こんぱい》の妻コトギに対する、その方《ほう》の殴る蹴るの許せぬ毎日の振舞《ふるまい》、老中会議に直属せし隠密《おんみつ》御《お》調方《しらべかた》筆頭・松平山城守《まつだいらやましろのかみ》宗次郎《そうじろう》のこの耳に詳しく入っておるぞ」

「は、はい……」

「本来ならばこの場にての切腹を申し付けるべきところであるが、この山城守の判断により、此度《こたび》だけは殴る蹴るの痛みを、その方の身に覚えさせておくに止《とど》める」

「も、申し訳ございませぬ」

「但《ただ》し、コトギとは離縁じゃ。今後、少しでもコトギ母子に近付くような事あらば、たちどころに切腹を申し渡すゆえ、左様覚悟するがよい」

「た、確かに承《うけたまわ》りまして、ご、ございます」

「隠密御調方筆頭は、老中会議より影目付《かげめつけ》として大きな権限を頂戴しておる。今後に於《お》ける津留澤家の栄誉没落は、この山城守が老中会議へ上げる隠密報告書による。厳しく監視を続けるゆえ品行を改めて精進《しょうじん》するがよい」

「お、お約束申し上げます」

「その言葉、しかと聞いたぞ」

「はい……はい……」

　宗次は闇の中でニヤリとすると、玄関式台の方へ急いだ。兎に角腹が空《す》いていた。

　津留澤家を出た宗次の、次の行き先はすでに決まっていた。空きっ腹が決めた訳ではない。吾助とスミ、河吉とチヅエ、コトギと宗次坊や、の全てを不幸にせぬためには、これから訪ねる「其処《そこ》」を、最後の舞台としなければならなかった。

「おや……?」

宗次は急ぎの足を緩めず、夜空を仰いだ。

冷たいものが頰に当たったが、いつの間《ま》にか朧月《おぼろづき》が夜空に浮かんでいる。

「降り出したか……」

と呟いて、宗次は走り出した。途中の二、三か所で立ち止まって木陰《こかげ》や家の陰に隠れ、新之介が後をつけていないかどうか用心したが、その心配はなさそうだった。追ってはこられないほどに、張り飛ばした確信はあった。

夜雨が急に強さを増したとき、通りの角を右へ折れた宗次に、『兆助』の赤提灯が見えた。

頭上で雷鳴が轟《とどろ》き、西の空でも稲妻《いなずま》が走った。

「くわばら、くわばら……」と、宗次は勢いつけて『兆助』の暖簾《のれん》をかき分けた。

「いらっしゃい。宗次先生」

「降ってきやがったぜ」

「雷様も怒り出しましたね。今夜は、ゆっくりやってくんねえ」

「随分と空いてるねえ」

「こんな日の次は、決まって大忙しだあな」

宗次は「先生、こちらへ……」とスミに促されて、調理場横の小上がりに腰を落ち着けた。

客は見かけたことのない商人風が二人、向こう端の小上がりにいるだけだった。

吾助が烏賊《いか》の味噌わた煮とブリ大根をそれぞれ皿に盛って、やってきた。

「これは旨《うま》そうだ」

「烏賊もブリも刺身にしてもいいやつを煮たからよ」

「一緒に飲もうや」

「いいのかえ」

「いいともよ」

「じゃあ……」

吾助は嬉しそうに調理場へ引き返すと、熱燗《あつかん》二本とぐい飲み盃二つを小盆にのせて戻ってきた。

宗次が二つの盃を酒で満たした。

二つの盃が目の高さで触れ合ってカチッと鳴り、二人は一気に呷《あお》った。

「吾助さんよ」

飲み終えて空になったぐい飲み盃を、宗次は卓の上に置いた。

「ん？」と、吾助が笑顔で宗次を見る。

宗次は声を小さくした。

「最近よ。雉子橋通小川町あたりへ出向いたことあるかえ」

「いや、ねえけど」

「じゃあ、百石旗本の津留澤新之介様ってえ人を知らねえよな」

「知らねえ」

「百石旗本の生活ってえのは、かなり苦しいもんらしい。その小旗本の屋敷内では、薬料もままならぬ状況のなか、御内儀が病弱の幼子を懸命に介護して疲れ切っていなさるらしいんだが……知らねえ？」

「知らねえな」

「津留澤家では、薬料をなんとかしなければ子が死ぬ、という深刻な状態にまで追い詰められなすってな、とうとう家宝を売り払うことになったとか」

「ふうん……で、その家宝っていうのは？」

「聖徳太子が描いた掛け軸が二本っていうんだがよ。それが、つい先日、津留澤家から盗まれちまったい」

　吾助の顔から、それまでの笑みがスウッと消えた。

「その噂《うわさ》、知らねえかい、吾助さん。聖徳太子が描いたとかいう掛け軸なんだがよ」

「し、知らねえよ。なんで俺《おい》らが……」

「いや、吾助さんは客商売で、顔が大層広いからよ。もしや、そんな話をする客の誰かを、知っちゃあいねえかと思ってさ」

「知らねえ。聞いたこともねえやな」

「聖徳太子が描いた掛け軸なんざ、将軍家御文庫付きの偉《えれ》え学者でも、本物か贋物《にせもの》か見分けがつかねえだろうよ。つまり江戸の裏社会へ持ち込んだって、簡単には捌《さば》けねえってことだ」

「だろうなあ」

「盗んだ野郎は、困り切ってまだ手元に置いている筈《はず》だあな。そうは思わねえかい吾助さん」

「お、思う……」

「だろう。だからさ、誰か思い当たる奴、怪しい奴、変な奴、を知らねえかい。客の中でよ」

「し、知らねえ……うーん、知らねえな」

「その掛け軸が津留澤家に戻れば、それを担保《たんぽ》に診断料《みたて》、薬料は向こう三年間不要、という腕のいい蘭医がいるらしくってよ」

「じゃあ、一刻も早く、その掛け軸は津留澤家とやらに戻らねえと」

「それよ。子供は今日明日の命、って言うからよ」

「でも、宗次先生は何故そこまで知ってんだい」

「絵のことで出入りしている大名旗本家での噂を耳にしたんだ」

「あ、そうか……」

「しかもだ。しかもだよ。その幼子の名が宗次ってんだ。本当に、宗次ってんだよ。字綴《じつづ》りも同じでな」

「なんとまあ…………」

吾助が息を止め、小さく目を見開いた。かなり衝撃を受けた表情だったが、宗次はぐい呑《の》みに視線を落として気付かぬ振りを装った。

「ま、呑もう」

宗次は吾助の盃に、なみなみと酒を注ぎ、自分の盃をも満たした。

宗次の声が更に低くなる。

「私《あつし》はこの『兆助』が好きでよ。吾助さんもスミさんも大好きだあな。この『兆助』が、これからいつ迄《まで》も長く続いてほしいと願っている」

「宗次先生……」

「今宵はいい具合に、間もなく月が隠れるだろうよ。雨も降り出したし、夜回り役人と出会うことも、恐らくねえと思わあ」

「せ、先生……このまま『兆助』を続けても……よ、よござんすか」

「続けなせえ……このまま……いつ迄もスミさんと仲良く」

「俺よう、先生……俺よう……」

「いいから、いいから。そこから先は、自分の胸へしまっときな吾助さん」

宗次は囁《ささや》くように言うと、盃を一気飲みして腰を上げた。

吾助の目が、みるみる潤《うる》んでいく。それと気付かれないように、自分の膝《ひざ》頭《がしら》に視線を落とす吾助だった。

「あら先生、早いじゃないの。もう帰んですかい」

何も知らない調理場のスミが、驚いて甲高《かんだか》い声をかけた。

「まだ絵の打合せが番町に一件残ってんのさ」

「とか何とか言って、何処《どこ》かの綺麗な女《ひと》に会いに行くんじゃないの」

「スミさん以外に、会いたいと思う女なんぞいるもんかい」

「まあ、うまいこと言って」

「明後日《あさって》の夜にでもまた、笑顔を見せにゆっくりと来るからよ」

「そうかい。来ておくれ」

「じゃあな……」

「あいよ」

宗次は小粒を調理場から差し出されたスミの掌《てのひら》に握らせると、勢いつけて『兆助』を後にした。

たちまち夜雨が、宗次の肩を激しく叩く。

「あ、宗次先生。これじゃあ多過ぎるよう。おつり、おつり……」

スミの黄色い声が、宗次の背を追った。

「明後日《あさって》の分に回してくんない」

大声で返す宗次の頭上で、青白い稲妻が東西に走り、凄まじい雷鳴が天地を割った。

「門田泰明時代劇場」刊行リスト

ひぐらし武士道
『大江戸剣花帳』（上・下）
徳間文庫　平成十六年十月
光文社文庫　平成二十四年十一月
徳間文庫（新装版）　令和二年一月

ぜえろく武士道覚書
『斬りて候』（上・下）
光文社文庫　平成十七年十二月
徳間文庫　令和二年十一月

ぜえろく武士道覚書
『一閃なり』（上）
光文社文庫　平成十九年五月

ぜえろく武士道覚書
『一閃なり』（下）
光文社文庫　平成二十年五月
徳間文庫　令和三年五月
（上・中・下三巻に再編集して刊行）

浮世絵宗次日月抄
『命賭け候』
徳間書店　平成二十年二月
徳間文庫　平成二十一年三月
祥伝社文庫　平成二十七年十一月
（加筆修正等を施し、特別書下ろし作品を収録して『特別改訂版』として刊行）

ぜえろく武士道覚書
『討ちて候』（上・下）
祥伝社文庫　平成二十二年五月
徳間文庫　令和三年七月

浮世絵宗次日月抄
『冗談じゃねえや』
徳間文庫　平成二十二年十一月
光文社文庫　平成二十六年十二月
（加筆修正等を施し、特別書下ろし作品を収録して『特別改訂版』として刊行）
祥伝社文庫　令和三年十二月
（上・下二巻に再編集して『新刻改訂版』として刊行）

浮世絵宗次日月抄
『任せなせえ』　光文社文庫　平成二十三年六月

浮世絵宗次日月抄
『秘剣　双ツ竜』　祥伝社文庫　平成二十四年四月

浮世絵宗次日月抄
『奥傳　夢千鳥』　光文社文庫　平成二十四年六月

浮世絵宗次日月抄
『半斬ノ蝶』（上）　祥伝社文庫　平成二十五年三月

浮世絵宗次日月抄
『半斬ノ蝶』（下）　祥伝社文庫　平成二十五年十月

浮世絵宗次日月抄
『夢剣　霞ざくら』　光文社文庫　平成二十五年九月

拵屋銀次郎半畳記
『無外流　雷がえし』（上）　徳間文庫　平成二十五年十一月

拵屋銀次郎半畳記
『無外流　雷がえし』（下）　徳間文庫　平成二十六年三月

浮世絵宗次日月抄
『汝　薫るが如し』　光文社文庫（特別書下ろし作品を収録）　平成二十六年十二月

浮世絵宗次日月抄
『皇帝の剣』（上・下）　祥伝社文庫（特別書下ろし作品を収録）　平成二十七年十一月

『俠客』（一）　拵屋銀次郎半畳記　徳間文庫　平成二十九年一月
『天華の剣』（上・下）　浮世絵宗次日月抄　光文社文庫　平成二十九年二月
『俠客』（二）　拵屋銀次郎半畳記　徳間文庫　平成二十九年六月
『俠客』（三）　拵屋銀次郎半畳記　徳間文庫　平成三十年一月
『汝よさらば』（一）　浮世絵宗次日月抄　祥伝社文庫　平成三十年三月
『俠客』（四）　拵屋銀次郎半畳記　徳間文庫　平成三十年八月
『汝よさらば』（二）　浮世絵宗次日月抄　祥伝社文庫　平成三十一年三月
『俠客』（五）　拵屋銀次郎半畳記　徳間文庫　令和元年五月
『汝よさらば』（三）　浮世絵宗次日月抄　祥伝社文庫　令和元年十月
『黄昏坂七人斬り』　徳間文庫　令和二年五月

拵屋銀次郎半畳記
『汝 想いて斬』（一）　徳間文庫　令和二年七月
浮世絵宗次日月抄
『汝よさらば』（四）　祥伝社文庫　令和二年九月
拵屋銀次郎半畳記
『汝 想いて斬』（二）　徳間文庫　令和三年三月
浮世絵宗次日月抄
『汝よさらば』（五）　祥伝社文庫　令和三年八月

本書は平成二十六年に光文社より刊行された『冗談じゃねえや 特別改訂版
浮世絵宗次日月抄』を上・下二巻に再編集し、著者が刊行に際し加筆修正
したものです。

一〇〇字書評

切・り・取・り・線

購買動機（新聞、雑誌名を記入するか、あるいは○をつけてください）

□（　　　　　　　　　　　　　）の広告を見て
□（　　　　　　　　　　　　　）の書評を見て
□ 知人のすすめで　　　□ タイトルに惹かれて
□ カバーが良かったから　　□ 内容が面白そうだから
□ 好きな作家だから　　□ 好きな分野の本だから

・最近、最も感銘を受けた作品名をお書き下さい

・あなたのお好きな作家名をお書き下さい

・その他、ご要望がありましたらお書き下さい

住所	〒				
氏名		職業		年齢	
Eメール	※携帯には配信できません		新刊情報等のメール配信を 希望する・しない		

この本の感想を、編集部までお寄せいただけたらありがたく存じます。今後の企画の参考にさせていただきます。Eメールでも結構です。

いただいた「一〇〇字書評」は、新聞・雑誌等に紹介させていただくことがあります。その場合はお礼として特製図書カードを差し上げます。

前ページの原稿用紙に書評をお書きの上、切り取り、左記までお送り下さい。宛先の住所は不要です。

なお、ご記入いただいたお名前、ご住所等は、書評紹介の事前了解、謝礼のお届けのためだけに利用し、そのほかの目的のために利用することはありません。

〒一〇一‐八七〇一
祥伝社文庫編集長　清水寿明
電話　〇三（三二六五）二〇八〇

祥伝社ホームページの「ブックレビュー」からも、書き込めます。
www.shodensha.co.jp/
bookreview

祥伝社文庫

冗談《じょうだん》じゃねえや（上） 新刻改訂版《しんこくかいていばん》 浮世絵《うきよえ》宗次《そうじ》日月抄《じつげつしょう》

令和 3 年 12 月 20 日 初版第 1 刷発行

著 者 門田泰明《かどたやすあき》

発行者 辻 浩明

発行所 祥伝社《しょうでんしゃ》

東京都千代田区神田神保町 3-3

〒 101-8701

電話 03（3265）2081（販売部）

電話 03（3265）2080（編集部）

電話 03（3265）3622（業務部）

www.shodensha.co.jp

印刷所 萩原印刷

製本所 ナショナル製本

カバーフォーマットデザイン かとうみつひこ

 ISBN978-4-396-34771-0 C0193

「宗次を殺《や》る……必ず！」

憎しみが研《と》ぐ激憤《げきふん》の剣

汝《きみ》よ さらば（一）

浮世絵宗次日月抄

駿河国田賀藩の中老廣澤和之進の悲願、
それは自慢の妻女美雪を奪おうとする浮世絵師宗次を討ち果たすこと——。
憎しみの刃を向けられた宗次が修羅《しゅら》を討つ！

邪を破る悲哭《ひこく》の一刀

汝《きみ》よさらば（二）

浮世絵宗次日月抄

浮世絵師宗次に否応なく政争の渦が襲い掛かる。
四代様（家綱）容態急変の報に接し、
騒然とする政治《まつりごと》の中枢《ちゅうすう》・千代田《ちよだ》のお城最奥部《さいおうぶ》へ——

浮世絵宗次《そうじ》、敗れたり――
勝《か》ち鬨《どき》が上がる

汝《きみ》よさらば（三）

浮世絵宗次日月抄

廣澤《ひろさわ》和之進《かずのしん》との果し合いで顎を斬られ、
自ら「其方《そなた》の勝《かち》だ」と認めた宗次は……
一瞬の太刀が分かつ栄華と凋落《ちょうらく》